ふんわり穴子天

居酒屋ぜんや

坂井希久子

時代小説文庫

角川春樹事務所

目次

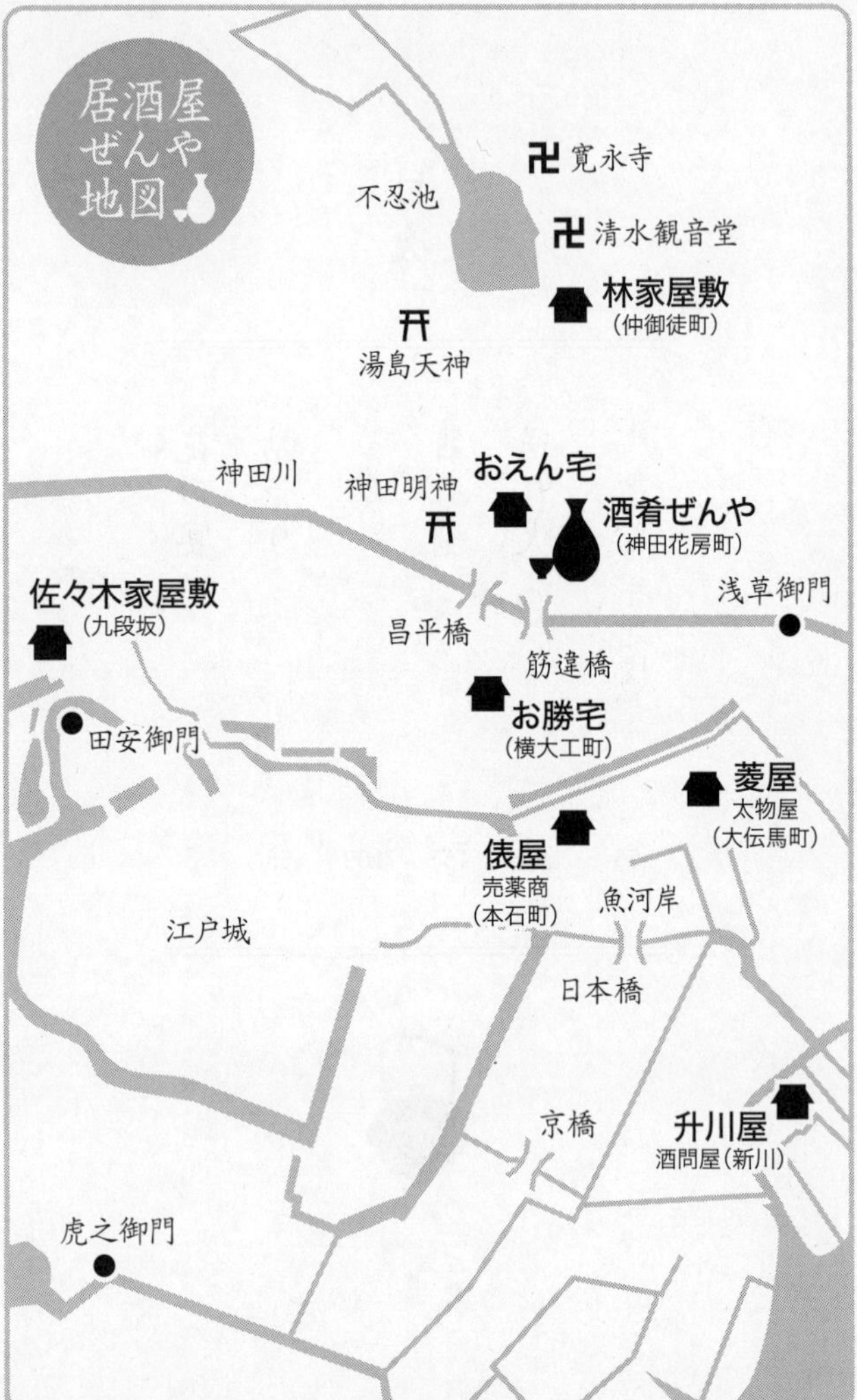
居酒屋
ぜんや
地図
寛永寺
不忍池
清水観音堂
林家屋敷
（仲御徒町）
湯島天神
神田川
神田明神
おえん宅
酒肴ぜんや
（神田花房町）
佐々木家屋敷
（九段坂）
浅草御門
昌平橋
筋違橋
お勝宅
（横大工町）
田安御門
菱屋
太物屋
（大伝馬町）
俵屋
売薬商
（本石町）
魚河岸
江戸城
日本橋
京橋
升川屋
酒問屋（新川）
虎之御門

ふんわり穴子天

居酒屋ぜんや

〈主な登場人物紹介〉

林只次郎《はやしただじろう》……小十人番士の旗本の次男坊。鶯が美声を放つよう飼育するのが得意で、その謝礼で一家を養っている。

お妙《たえ》……神田花房町にある、亡き良人《おっと》が残した居酒屋「ぜんや」を切り盛りする別嬪女将。

お勝《かつ》……お妙の義姉。「ぜんや」を手伝っている。十歳の時に両親を亡くしたお妙を預かった。

おえん……「ぜんや」の裏長屋に住むおかみ連中の一人。左官の女房。

お葉《よう》……只次郎の兄・重正の妻。お栄と乙松の二人の子がいる。

柳井《やない》……お葉の父。北町奉行所の吟味方与力。

佐々木《ささき》……一千石取りの小十人頭。只次郎の父親の上役。只次郎に鶯の鳴きつけなどただ働きをさせる。

「ぜんや」の馴染み客

菱屋《ひしや》**のご隠居**……大伝馬町にある太物屋の隠居。只次郎の一番のお得意様で良き話し相手。

升川屋喜兵衛《ますかわやきへえ》……新川沿いに蔵を構える酒問屋の主人。妻・お志乃は灘の造り酒屋の娘。

俵屋《たわらや》**の主人**……本石町にある売薬商の主人。俵屋では熊吉が奉公している。

花の宴

一

世の中にたえて桜のなかりせば春の心はのどけからまし

と詠《よ》んだのは、在原業平《ありわらのなりひら》である。

平安の昔から桜が咲いたの散ったのと、人が気を揉《も》んできたというのなら、今日の花見の賑《にぎ》わいようも、無理からぬことであろう。

寛政《かんせい》三年（一七九一）、弥生《やよい》十日。

林只次郎《はやしただじろう》の手にする盃《さかずき》に、ほんのり色づいた花びらがひらりと落ちた。仰《あお》ぎ見れば満開の桜である。空は青く、光が花を透かして注ぐ。

目を細めたところに、ホーホケキョと鶯《うぐいす》の美声。風流なことこの上ない。

春うららの隅田堤《すみだづつみ》。八代将軍吉宗《よしむね》公の肝煎《きもい》りにより作られた、桜の名所である。

花見幕を巡らした内側に毛氈《もうせん》を敷き、只次郎の得意客が車座になって酒を酌《く》み交わしていた。左隣から順に、大伝馬町菱屋《おおでんまちょうひしや》のご隠居、本石町俵屋《ほんごくちょうたわらや》、新川の升川屋喜兵衛《ますかわやきへえ》、小舟町三文字屋《こぶなちょうみもじや》という、豪勢な面々である。

いずれも押しも押されもせぬ大店《おおだな》の主人たち。それぞれの膝先《ひざさき》に、漆塗《うるしぬ》りの籠桶《こおけ》が置かれている。

ホー、ホケキョ。

俵屋の籠桶から、蒼天《そうてん》に吸い込まれるような鳴き声がした。男たちは目を瞑《つぶ》り、それを肴《さかな》に盃を傾ける。

「ふむ、律声のハリが実にいい」

「つけ子の鶯は野生に比べるとどうしても、威勢が劣るものですがね。いやはや、陽気ですよ」

「結びもいい。音の高さも文句も、申し分ねぇ」

「惜しむらくは、『ケキョ』の『キョ』が『チョ』になるところなんですが」

「なんのなんの、このくらいなら『キョ』に聞こえますよ」

酒と鶯の声をたっぷりと味わって、吐息を洩《も》らしたり、頷《うなず》いたり、通らしくにやりと笑ったり。とはいえ誰しも自分の鶯が一番だと思っている。

鶯は上中下、すなわち律中呂の三音を鳴き分けるのがいいとされ、それぞれの音の陰陽、文句、節つけ、音声に優劣がつけられる。「ホーホケキョ」と高い音から始まって高めで終わるのが律、「ホー」よりむしろ「フォー」に聞こえるような低音で始まるのが呂、中はその中間である。

いい鶯は律と中、中と呂の音の幅を同じに鳴く。三音すべてを正しく「ケキョ」と結べる鶯は「三キョウ」と呼ばれ、これはめったにいるものではない。

とそこへ、只次郎の籠桶の鶯が鳴きはじめた。愛鳥ルリオである。まるで手本のように三音見事に鳴き分けて、紛れもなく「ケキョ」で結ぶ。

「ああ、これぞまさしく『三キョウ』ですねぇ」

感に堪《た》えぬという面持ちで、三文字屋が天を仰いだ。鼻の脇《わき》の大きなホクロがひくりひくりと動いている。家業は白粉《おしろい》問屋だが、これは隠せぬようである。

他の御仁も酒がいっそう旨《うま》くなったのだろう。「くーっ」と唸《うな》ってから、余韻を楽しんでいる。

「やっぱルリオにゃ敵《かな》わねぇなぁ」と升川屋が呟《つぶや》けば、「ええ、当代一の鶯でしょう」と俵屋がさらに持ち上げる。

みなルリオをつけ親とする、贔屓筋《ひいきすじ》である。

これぞまことの鶯道楽。主だった鳴き合わせの会は一月下旬から二月のうちに終わってしまうものだが、只次郎は近年そういった会にルリオを出さない。

ゆえに贔屓筋とてその美声を耳にする機会がなく、あらためてこの花見の席が設けられた。貧乏旗本とはいえ武家の次男坊である只次郎が、旦那衆《だんな》の宴席に紛れているのはそういったわけである。

「それほどの優鳥《ゆうちょう》だけに、心配なのは跡継ぎですね」

食えぬところのある菱屋のご隠居が、痛いところをついてきた。しれっとした顔をして、これはなかなか意地が悪い。

只次郎は頰《ほお》を掻《か》き、言葉を濁《にご》す。

「はぁ。今年こそはと思っちゃいるんですが」

飼い鶯の寿命はたいてい八年ほど。只次郎がルリオを拾ってから、もうすぐ五年になろうとしている。ルリオを鳴き合わせの会に出さないのは、他の鶯たちに歌を教えるつけ親の仕事があるためだが、身の負担になるだろうと心配しているからでもある。そのうち声も痩《や》せてゆき、硬く縮こまって命を終えてゆくのだろう。

それを思えばしんみりとした気持ちになるが、同時に焦りもする。なにしろルリオはただの愛玩鳥《あいがん》ではない。百俵十人扶持《ぶち》の林家の家計を支える、稼ぎ頭なのである。

つまりルリオの死は、林家の逼迫《ひっぱく》をも意味する。老いて声が痩せてからではもう遅い。その前になんとしても、後継となる若鶯を育てる必要があった。

「難しいなぁ。俺の鶯もルリオの弟子だが、師匠の声にゃとんと及ばねぇもんな」

「鶯にもやはり、持って生まれた才というものがあるんでしょうね」

升川屋と三文字屋が苦い顔をする。美声の鶯を育てる難しさはよく知るところ。ましてやルリオは当代一の鶯だ。

「まぁまぁ。今日明日のことでなし、そう焦らず。まずは弁当でも食べましょう」

物腰柔らかな俵屋の取りなしで、座が弛《ゆる》む。

鶯の声だけを肴に酒を酌み交わしていたのだ。そろそろなにか、腹に入れたくなっていた。

「そりゃあいい」と升川屋が膝を打つ。

只次郎は弁当どころではない。ルリオが死んでからのことを考えると、目の前が暗くなる。

そんな若者を横目に見て、ご隠居がぶっきらぼうに告げた。

「お妙《たえ》さんのお手製だそうですよ」

「なんですって。いただきます」

只次郎の応答は早かった。沈んだ表情から一転して目を輝かせている。

まったく、現金なものである。

俵屋に促《うなが》され、供《とも》の手代が春慶塗《しゅんけいぬり》の提《さ》げ重《じゅう》を差し出してきた。美しい木目を生かした落ち着いた塗りは、主人の人柄を表すようだ。堅実な商いの売薬商。提げ重には銘々皿までついており、各々の手元に配られた。

只次郎はお重の蓋《ふた》が開くのを、生唾《なまつば》を飲んで見守る。頰の肉がひとりでに持ち上がってゆくようだ。

「おお」と、どこからともなく感嘆の声が上がった。

一の重はあさりの入った若竹煮、玉子焼き、うどの白和《しらあ》えに、三つ葉と油揚げの酢《す》味噌和《みそあ》え。

二の重は椎茸《しいたけ》のすり身詰め、木《き》の芽《め》味噌の田楽、ヨメナのお浸《ひた》し、所々に桜形に切った人参《にんじん》の煮物を散らしてある。

三の重は梅の甘露煮《かんろに》に、長芋のきんとん。甘味であった。

決して華美ではないが、料理の盛りつけや色の組み合わせに、『ぜんや』の女主人らしい細やかな心遣いが感じられた。

「なんてぇかこう、お妙さんの料理は見るだけでも和むねぇ」

相好を崩すのは色男の升川屋。作り手である女主人の、麗《うるわ》しい微笑《ほほえ》みを思い浮かべているに違いない。

「おや、可憐《かれん》なご新造さんのある身で、鼻の下を伸ばしちまってまぁ」

「なぁに、女房なんていいのははじめのうちだけ。うちのだって、昔は子猫みてぇに可愛《かわい》かったんですよ。それがどうだ。今じゃ牛みてぇにでっぷりと貫禄《かんろく》がついちまってさぁ」

「とはいえ、古女房だってありがたいものですよ。文句を言いながらも、こんな私についてきてくれるんですからね」

ご隠居が雑《ま》ぜっ返し、三文字屋と俵屋が互いの女房論を開陳《かいちん》する。こうしたからかいを受けるのも新婿の務め。なのに升川屋は「それとこれとは関係ねぇでしょう」とむきになる。

只次郎はふとした思いつきで尋ねた。

「お志乃《しの》さんは江戸の桜は初めてでしょう。花見に連れてってやんないんですか」

「ああ、まぁ、そのうち。そんなことよりほら、早く食べましょうぜ」

あからさまにはぐらかされた。

灘《なだ》から嫁《か》したばかりのご新造である。そのうちなどと言っていたら、桜が散ってしまうではないか。

不満だったが、周りが箸《はし》を取ったので、この話題はひとまず終《しま》いになった。お妙の料理が目の前にあるのだ。いつまでも眺めているばかりではいられない。

只次郎も負けじと箸を伸ばす。

椎茸のすり身詰めを口に含み、喜びの声を上げた。

「ああ、うまぁい！」

すり身は海老《えび》だ。椎茸の笠《かさ》いっぱいに詰められて、醤油味《しょうゆあじ》の餡《あん》を絡《から》めてある。もっちり、ねっとりの歯ごたえの後に、生椎茸の香りが馥郁《ふくいく》と広がった。

「うん。白和えも、擂《す》り胡麻《ごま》とうどの風味がよく合ってる」

「若竹煮も旨いですよ。海のものと山のものが、こんなに好相性とはねぇ」

「玉子焼きは出汁《だし》がじゅわっと。なんだか飲み物みてぇだ」

「ヨメナの野趣もまた、外で食べるとひとしおですね」

旨い料理は人を寡黙《かもく》にしておかない。一同は満面に笑みを広げ、次々と盃を干す。

酒問屋升川屋の持参した、とびきりいい酒である。

ルリオがまた第一級の喉《のど》を披露《ひろう》した。

心なしか、風まで甘い。

——至福である。

二

幕の外から人々の行きかう気配がする。

さっき昼九つ（十二時）の鐘が鳴ったばかり。

この時期には珍しく、羽織を脱ぎたくなるほどの陽気である。花見日和《はなみびより》ゆえに江戸中の町人が、そぞろ歩きに出ているのではなかろうか。

そう疑いたくなるほどの賑わいである。

「なにもかも、旨かった」

料理をひと通り味見して、只次郎はふうと満足の息を吐いた。

旨いだけでなく、春らしさも感じられる。花見弁当ということで、そのへんはお妙も心を配ったのだろう。

惜しむらくは、飯がないところだろうか。まだ酒が続くから構わないが、最後にはやはり飯が食べたい。握り飯でもあれば申し分ないのだが。

どっと笑う声に誘われて、只次郎は幕の隙間《すきま》に目を遣《や》った。

頭上の花に浮かされて、道行く人がみな幸せそうだ。商家の母娘らしきとそのお付き、共白髪《ともしらが》の夫婦者、長屋のおかみさんたちに、すでに足元の怪しい職人連中。お忍びと思《おぼ》しき武家風の女まで歩いている。

花を愛《め》でる心には、老いも若きも男も女も、身分の別もない。

いつもこんなふうでいられたらと、只次郎は思う。世の人がみな平等であれば、出自によって運命が定められることもなかろうに。

右手に置いてある大刀は、いつもずしりと持ち重りがする。

「女衆の拵《こしら》えも、すっかり地味になっちまいましたね」

只次郎につられて外を覗《のぞ》き見たのだろう。ご隠居がつまらなそうに呟いた。

「そうですねぇ。前は花に負けじと華やかでしたが」

花見の名所ではこうして幕の隙間から、金持ちの息子に見初《みそ》められぬとも限らない。もしかすると玉《たま》の輿《こし》も夢ではないのだ。それを心待ちにして以前は町娘たちも一張羅《いっちょうら》に身を包み、しゃなりしゃなりと歩いていた。

それが寛政の世となり奢侈《しゃし》が諫《いさ》められ、あまり派手な身なりをしていては町奉行所に引っ張られかねない。ゆえに目につくのは無地や渋い縞《しま》といった、地味な装いばかりである。

もっともそのほうが生来の器量が引き立って、本物の美人が分かるのかもしれないが。

只次郎は己の知るかぎり一番の器量よしを思い浮かべ、「そういえば」と口を切った。

「近ごろ又三《またぞう》を見ないんですが」

鶯の糞《ふん》買いの又三にとって、只次郎は大事な買い入れ先だ。

いつもなら七日に一度はやって来るのに、お妙を妾《めかけ》にと望む御仁がいると明かしたあの日から、めっきり顔を見せなくなった。

『ぜんや』にも行っていないようで、「又三さんはどうしていますか」とお妙も気にしている。いったい誰に目をかけられたのか、分からぬままでは不安だろう。

もちろん只次郎も気がかりだが、お妙にそう尋ねられるたび、まるで思い人に会いたがっているように聞こえて癪《しやく》に障《さわ》る。又三をとっ捕まえてでも、話を聞き出してやりたかった。

「おや。うちには一昨日《おととい》来ましたけどね」

そう言って首を傾《かし》げたのは三文字屋である。こちらは又三が集めた鶯の糞の、買い受け先だ。

「又三さんがどうかしたんですか」と、俵屋も不思議そうにしている。

三文字屋と俵屋には、ことのあらましを伝えていなかった。事情を話し、又三を見たら教えてくれと頼んでおく。

「回りくどいねぇ。その野郎について調べてぇことがあるなら言ってくれりゃ、手分けして探すってのに」

「大方まだ調べがついていなくて、気まずさから逃げ隠れしているんでしょう」

升川屋が腕をまくり、ご隠居が頬を歪《ゆが》める。この二人には話が通じていると踏んだか、又三の訪れはないようだ。

あの男もまた、お妙に懸想《けそう》している。人に助力を仰がないのは、己の手柄にしたいからだろう。だがこうやって手をこまねいているうちに、お妙が人のものになったらどうするつもりだ。

もしも『ぜんや』がなくなってしまったら。そして二度とあの笑顔を拝めないのだとしたら。

この憂き世のなにを楽しみに、生きてゆけばいいのだろう。

だいたい公方《くぼう》様でもあるまいに、男が余っているこの江戸で妾まで囲おうとは、けしからぬ奴である。

そういや身内にも一人、芸者だった女を妾にしている好き者がいるが——。

そんなことを考えたのは、花見幕の隙間に当人の姿がちらついていたせいかもしれぬ。

近づいてくるその顔をはっきりと認め、只次郎は思わず声を上げた。

「あれ、柳井《やない》殿!」

「ささ、旦那。どうぞお一つ」

「やぁ、すまないね。こりゃいい酒だ」

三文字屋が盃を勧め、柳井殿がそれを受ける。

呼び止めたのは只次郎だが、旦那衆に誘われるままに、まさか上がり込んでくるとは思わなかった。今では右隣に胡坐《あぐら》をかいて、羽織まで脱いでくつろいでいる。

「うん、やはり旨い!」

気持ちよく盃を干し、柳井殿はかっと目を見開いた。

酒を褒《ほ》められて升川屋が脂下《やにさ》がる。

「ありがとうございます。旦那と林様が、まさか縁者だったとはねぇ」

そうはいっても、只次郎とはさほどのかかわりがない。言葉を交わしたことも数えるほどだ。それでも軽薄な男であることは知っている。

只次郎の兄嫁、お葉《よう》の父である。

「御番所は非番ですか？」

酒を注《つ》ぎ足しながら、三文字屋が尋ねた。御番所とはすなわち、町奉行所のことである。

「そうさね。それに俺自身も非番だ」

北と南にある奉行所は月番制だ。執務《しつむ》はひと月ごとである。

とはいえ非番の奉行所は、門を閉ざしてはいても休みではない。その間に受理した訴訟の整理などを行っている。

柳井殿は北町奉行所の与力《よりき》、それも花形の吟味方だ。役目は二日勤めて一日休み。本日はまことの非番らしい。

「なるほど、どうりで」

ご隠居と俵屋がこっそりと目配せをし合う。

只次郎が声をかけたとき、柳井殿は一人歩きをしていたわけではなかった。背後に供の者と、元芸者の妾を従えていたのである。

火消の頭《かしら》、力士と並んで、与力は「江戸の三男」。女にもてる職業だ。ましして柳井殿は小銀杏《こいちょう》に結った髷《まげ》に白いものが交ざりつつあるものの、苦み走ったいい男。少し前まで光沢のある上田縞などを着こなしていたが、ご改革の手前、色味は地味になっている。

それでも流行《はや》りのお納戸《なんど》色を纏《まと》っているあたり、洒落者《しゃれもの》だ。おそらく羽織の裏にも凝っているのだろう。

「こりゃあ大変だ。いくらでも喉に入っちまう」

供と妾を茶屋で待たせ、宴席に加わった柳井殿。酒はすこぶるいける口だ。

諸大名や豪商からの付け届けが多い役柄ゆえに、この場にいる旦那衆とはひと通りの面識があるらしい。

「それとこの田楽、木の芽のほろ苦さがたまんねぇな。ますます酒が進んじまうよ」

武家とはいえ市井《しせい》の者と交わる機会の多いせいか、柳井殿はずいぶんくだけた口をきく。だからよけいに親しみやすく、町の女にもてるのだろう。

元芸者の妾はたしか、二十五になったお葉より若いはずである。

「こりゃいったい、どこの料理屋の仕出しだい？」

「料理屋なんて、めっそうもない。若後家の女将《おかみ》が切り盛りしている、小さな居酒屋の弁当ですよ」

少しばかり贅沢《ぜいたく》なものを食っていたからといって、目くじら立てるほど無粋な男ではないが、一応は幕府の役人である。柳井殿の探りに対し、俵屋が穏やかに首を振った。

「そのわりにゃ、気が利《き》いてやしないかい？」

「料理上手の女将でして。こちらの注文にもよく応《こた》えてくれるんですよ」

「なんてぇ店だい」

「神田花房町《はなぶさちょう》の、『ぜんや』と申します」

「『ぜんや』ねぇ」

柳井殿は顎《あご》をさすり、気がなさそうに「ふぅん」と頷く。

それで終いにすればいいものを、なにを思ったか三文字屋が、己の見聞《けんぶん》をつけ加えた。

「その女将がまた別嬪《べっぴん》でしてね。うちの宣伝用に、錦絵《にしきえ》を描《か》かせてもらいたいくらいなんですよ」

「ほほう」

柳井殿の目の奥で、好色の虫がざわりと騒ぐ。只次郎はそれを見逃さなかった。

これはいけない。この男の食指が動く前に、興味を削《そ》いでしまわなければ。

「いやいや、柳井殿が行かれるような店じゃございませんよ。本当に庶民相手の、しみったれた居酒屋で――」

「おや、ずいぶんな言い草だね」

後ろから、嗄《しゃが》れた声が割り込んできた。この険を含んだもの言いには、覚えがある。

恐る恐る振り返り、只次郎は腰を抜かしそうになった。

「お、お勝《かつ》さん。それに、お妙さんまで」

花見幕を掻き分けて、猿のミイラを思わせる婆《ばば》あと、神々しいほどの美女が顔を覗かせている。噂《うわさ》に上った居酒屋『ぜんや』の給仕と女将である。

「違うんです、お妙さん」

只次郎は焦った。先ほどの言葉は本心ではない。

ご隠居がにやりと笑って流し目をくれる。若者の間《ま》の悪さを楽しんでいるようである。

「いいえ、いいんです。たしかにうちは、しみったれておりますから」

お妙はことのほか和やかである。だが決して目を合わせてくれようとはせず、「どうぞどうぞ、こちらへ」と三文字屋が場所を開けたところへ、「あい、すみません」と座ってしまった。

お妙に続いて幕の中に入ってきたのは、鉄瓶《てつびん》を提げた奴頭《やっこあたま》の少年だ。売薬商俵屋の小僧、小熊《こぐま》である。いや、今では熊吉《くまきち》か。

「残念な兄ちゃんだな」

只次郎の背後を通り過ぎざま肩にぽんと手を置いて、呆《あき》れたように首を振った。

三

まさかこの宴席に、お妙とお勝まで呼ばれているとは思わなかった。

もっとも『ぜんや』のお得意様はおおかたここに揃《そろ》っている。日中を休みにしたところで、さしたる障りはないだろう。

三文字屋と柳井殿の間に座り、お妙は求められるままに酌《しゃく》をしている。

その笑顔に常と異なるところはないが、先刻の失言を引きずって、只次郎は話しかけることもできない。そわそわと、談話に耳を傾けるばかりである。

「そうかい、あんたが居酒屋の女将かい。いやはや、三文字屋の言うとおりだな」

「あら嫌だ。なにを仰《おっしゃ》ったんです、三文字屋さん」

「なんのなんの、悪いことは言っちゃいません。錦絵にしたいほどの別嬪だとね」

「まぁ、お戯《たわむ》れを」

「おや、はぐらかすのかい。もっとも俺は、あんたと戯れたいけどね」

息をするように女を口説く。まったく柳井殿は油断ならない。

女手一つで店をきりもりしちゃいるが、お妙は案外男あしらいが下手なのだ。困ったように微笑むのを見て、只次郎は柳井殿の横顔を睨《にら》みつけた。

振り返らずともそのねっとりした眼差《まなざ》しを感じたのだろう。若者の嫉妬《しっと》を面白がって、柳井殿はますます調子づく。

「どうだい二人でちょいと抜けて、川沿いをそぞろ歩かないかい？」

夫でもない男と連れ立って歩くなど、そんな恥知らずなことはさせられない。只次郎は気色《けしき》ばみ、ついに口を挟んでしまった。

「お妙さん、この方は私の兄嫁の父君です。柳井殿、そろそろお連れの待つ茶屋へ向かわれてはいかがです？」

「なんのなんの、まだ半刻は放《ほう》っておいても気遣いないさ」

それだけ妾に惚《ほ》れられていると言いたいのだろう。柳井殿は自信満々に鼻を鳴らす。

一方のお妙は只次郎の身内と知って安心したか、「ああ」と手を打った。

「そうですか、林様のお義姉《ねえ》様の。しっかりした方だと伺っております」

お妙には預かりものの鶯が行方知れずになった際、兄嫁のことを話した覚えがある。

たしかにお葉は堅実で始末のいい、貧乏旗本の嫁には誂《あつら》え向きの女房であった。

「いや、ありゃ融通が利かないだけさね」

ところが柳井殿は実の娘をそう評した。酒の勢いを借りて、いらぬことまで喋《しゃべ》りだす。

「あれは見た目も性質も、母親譲りでね。嫁の貰《もら》い手《て》なんかないんじゃねぇかと危ぶんでたから、林家に拾ってもらえてありがたいと思ってるよ」

柳井殿の今の奥方は、後妻である。生母は若くして身罷《みまか》り、お葉はその顔を覚えてもいないという。見習い与力の弟とは、腹違いの姉弟であった。

「それはあまりな仰りよう。義姉上には、よくしていただいています」

身内の話とあっては黙ってもおれず、只次郎は声を尖《とが》らせた。お葉の嫁入りにかんしては、こちらも痛いところがある。

武家の奥方は奥に籠って来客の相手などしないのが普通だが、与力の奥方は自ら玄関先に出て付け届けを受け取ることもある。ゆえに勝手知ったる同僚の娘を妻に迎えるのが都合よいのだが、お葉はその不器量が災いして与力、同心の間に貰い手がなく、仲人の斡旋《あっせん》により林家に嫁した。只次郎の父母としては、お葉自身よりもたっぷりの持参金に惹《ひ》かれたのである。

とはいえ与力はお目見え以下。家格を釣り合わせるために、お葉はいったん林家の親戚《しんせき》筋の養女となった。

そのような経緯《いきさつ》があるために、金目当ての浅ましさを取り繕わんと、只次郎の兄である重正《しげまさ》は、不浄役人の娘を貰ってやったという態度でお葉に接する。酔えばその地黒をからかって、「牛蒡《ごぼう》殿」呼ばわりだ。父母もそれを窘《たしな》めない。

それでなくとも里方では味わうことのなかった金銭の苦労をさせてきたのだ。兄嫁のことが嫌いでない只次郎は、柳井殿にありがたいと言われても素直に受け止めることができない。

だいたいに男振りのいい柳井殿には、器量に恵まれなかった娘を低く見るきらいがあった。

「まぁまぁ、そのへんで。お妙さん、今日の取っておきをお願いしますよ」

不穏な気配を察してか、俵屋が鉾先《ほこさき》を変えんと手を叩《たた》く。

「取っておき?」と繰り返し、只次郎は首を伸ばした。

先ほどからちろりの酒を温めていた野燗炉《のかんろ》に、熊吉が土鍋《どなべ》をかけている。酒の燗と簡単な料理が同時にできるため、野燗炉は野外の宴に重宝である。

もしやこれは、仕上げの飯か。

先ほどの弁当は三の重までありながら、握り飯の一つもないのが寂しかった。そろそろ腹に溜まるものがほしいところだ。

炊きたての飯が「なによりの贅沢」と言っていたお妙である。まさかそれが、戸外でも供されようとは。思いもよらぬ喜びである。

「ああそうだ、アタシが持ってたんだった」

お勝は図々しくも美男の升川屋の隣を占め、旨々と酒をあおっていた。目の下を赤黒く染めて、思い出したように膝先に置いた風呂敷包《ふろしきづつ》みを解く。

出てきたのはやはり春慶塗の角重である。飯に合わせて漬物でも詰めてきたのかと思いきや。

「おおっ」

蓋が取り払われ、一同は目を見開いた。

中身は黒い。遠目に窺《うかが》うと空ではないかと疑うほどだ。顔を近づけてようやく、擂った黒胡麻が敷き詰められているのだと悟る。ささやかな彩りとして、枝笹《えだささ》が添えられていた。

「お勝ねえさん、こちらに」

お妙が角重に手を伸ばし、取り分けんと箸を入れる。

摘まみ出されたものを見て、再度どよめきが上がった。

「刺身を黒胡麻で和えてあるんだ」

「魚か」

「白身だね。鯛《たい》かな」

「ええ、桜鯛ですよ」

旦那衆の問いかけに、えびす顔で答えたのは俵屋である。いい鯛が手に入り、朝早くに熊吉を遣って『ぜんや』に届けさせたという。

「ひどいんですよ。朝一番にやって来て、『これでアッと驚くものを作ってくれ』ですからね」

お妙が恨めしげに俵屋を睨む。そんな顔つきにも愛嬌《あいきょう》がある。

聞けば今日の料理の代金は、俵屋の懐《ふところ》から出ているらしい。熊吉が出奔《しゅっぽん》した際の、礼と迷惑料を兼ねているのだろう。

ついでに母子のような絆《きずな》ができつつあるお妙と会わせてやるのだから、俵屋はまこと熊吉に甘い。番頭だったという熊吉の父とは、朋友のような仲だったのかもしれない。

「ああ、こりゃたしかに驚いた。黒い刺身なんざはじめてだ」

升川屋が面白ずくに箸を取る。只次郎も遅れを取るまいとばかりに、ひと切れ口に放り込んだ。

「うまい！」

升川屋と声が重なった。なんとなく背筋が伸びる旨さである。

淡泊な白身に丁寧に擂られた胡麻の油が絡み、鯛とは思えぬコクがある。香ばしさが口いっぱいに広がって、感嘆と共に鼻に抜けた。

「こってりしてるが、ちっとも鯛の上品さを損なわないね」

「鯛がいいんだ。弾力があって、胡麻の風味に負けてない」

「胡麻ダレも、今朝慌てて作ったわけじゃないでしょう。こなれた味がしますよ」

旦那衆の称賛を受けて、お妙が芳しいほどの笑みを浮かべた。

「はい。秋胡麻をたっぷり擂って寝かせておきました。いつか和え物に使おうと思って」

タレの味つけは、醤油に砂糖、あとは煮切った酒だろうか。さっと茹《ゆ》でた葉物と和えても旨そうだ。

それを刺身で試してみようと、思いついたのは機転である。

ただの刺身ならば持ち運ぶうちに表面が乾いてしまっただろう。この陽気では傷《いた》みも気になる。だがタレを絡めることで身はしっとり、日持ちもする。よいこと尽くめの案である。

「あんた、本当に料理が上手《うま》いね。どっかで修業したのかい？」

柳井殿もご満悦《まんえつ》。皿に残った胡麻まで、しつこく箸で摘まんでいる。

「いいえ。お恥ずかしながら素人料理でございます」

卑下《ひげ》も自慢のうち、お妙とて腕に覚えがないわけではなかろう。

ところが柳井殿はそんなお妙の謙遜《けんそん》に、「それもそうか」と頷いた。

一同驚き、顔を上げる。只次郎は色めき立って、腰まで上げるところだった。

柳井殿は意に介さずに、舐《な》めたように綺麗《きれい》な皿を膝先に置く。

「こりゃあ、間違いなく旨いよ。でも花見の席に桜鯛だ。俵屋さんは、桜色に色づいた料理をご所望だったんじゃないのかい？　俺の娘じゃあるまいし、こんなに真っ黒にしちまっちゃ見目が悪《わり》ぃよ」

お妙のみならず、肌の黒さにかこつけてお葉まで腐《くさ》すとは。

「柳井殿！」と制する只次郎の声には、隠し切れぬ怒りが含まれている。

「まぁまぁ。私が『アッと驚くもの』なんて注文をつけたのが悪いんですよ。柳井様も林様も、そう目くじらを立てないで。さ、もう一杯飲んでください」

すかさず温和な俵屋が、ちろりを手に取りなしにかかる。

とはいえ酔いが回っているせいか、侍二人も引っ込みが悪い。隣同士剣呑《けんのん》に睨み合っている。

だが当のお妙は涼しい顔だ。穏やかに目を細め、柳井殿を相手にせず熊吉に声をかけた。

「ねぇ、そろそろいいんじゃない？」

「あいよ。もう蒸らしも終わってるよ」

お仕着せの袖《そで》をちょいと摘まみ、熊吉が熱々の土鍋を運んでくる。

辺りに漂う香ばしいにおいに気づき、只次郎は立てた腹をたちまち横に寝かせてしまった。旨いものを前にして、人はいつまでも不機嫌ではいられない。特にこの男はお妙の料理が好物である。

藁《わら》細工の鍋敷きに土鍋が置かれ、お妙が布巾《ふきん》を手に蓋を開ける。ふわりと湯気が舞い上がり、みな自然と身を乗り出した。

ふつふつと音を立てて、輝かんばかりの米が粒を立てて並んでいる。それを杓文字《しゃもじ》でひと混ぜ、ふた混ぜ。おこげの具合もちょうどよい。

「みなさま、まだ入りますか？」

そんなものを見せられて、「もう結構」などと言えるわけがない。

それに角重にはまだ鯛の胡麻和えがたっぷり残っているのだ。桜色が活かせていなかろうが、旨いものは旨いのである。

塗《ぬ》り椀《わん》に一膳《ぜん》ずつ、飯が盛られてゆく。

いや、それだけでは終わらない。そこに鯛の胡麻和えが載り、摺《す》った山葵《わさび》が添えられる。

「では、まずは柳井様から」

お妙に椀を手渡され、柳井殿の喉がごくりと鳴った。

炊きたての飯に、濃厚な胡麻ダレが染みてゆく。食う前から、これは旨いと分かっている。

「いいですよ。どうぞお先に」

年嵩《としかさ》のご隠居に促され、柳井殿は一礼して箸を取る。もはや我慢はできぬようだ。

「はふ、はふ」と、音を立てて豪快に掻っ込む。口の中に入れてしまえば、見た目など関係ない。

「んーっ」

山葵が効いたか、柳井殿は顔をしかめて天を仰いだ。

やがて眉間《みけん》を輝かせ、「旨い！」のひと声。

ちょうど只次郎にも椀が回ってきた。やはりご隠居に促され、急《せ》かされるように口へ運ぶ。

「ふぁっ！」

思わず声が洩れた。

熱々の飯にほどよく温められて、鯛の脂がじわりとにじみ出ている。それが胡麻の油と混じり、飯粒に絡んでこれぞ至福。ルリオがいい声で鳴くものだから、ひと足先に極楽に昇ってしまったかと疑うほどだ。

嚙《か》むごとに米の甘みと鯛の旨み、胡麻のコクがどこまでも広がってゆき、爽《さわ》やかな山葵の辛みがキュッと後を引き締める。

頰張ったものを飲み下し、ひと呼吸置いてから、

「うまぁい！」とようやく言葉が出た。

心なしか、先ほどより景色が綺麗に見える。

旦那衆にも行き渡り、いずれも旨みを嚙みしめているようだ。

「あ、ご飯も鯛も半分ほど残しておいてくださいね」

お妙に言われて柳井殿が慌てて箸を止めた。勢いに乗って危うく食べきってしまう

ところだったのだろう。

只次郎もまた、続けて掻っ込もうとしていたひと口を控える。

土鍋を下ろした後の野燗炉に、熊吉が鉄瓶をかけている。食後の茶でも淹《い》れようと
しゅんしゅんと湯気が上がるのを待って、熊吉が鉄瓶を手に近づいてくる。柳井殿と只次郎の間に後ろから膝をつくと、軽く鉄瓶を捧げて見せた。

「鯛のアラで引いた出汁です。残りのご飯にかけてお召し上がりください」

お妙が横から解説する。これまた旨いに決まっている。

まずは柳井殿、それから只次郎の椀に出汁が注がれた。

丁寧に灰汁《あく》を掬《すく》ったらしい、清く澄んだ汁である。上品な磯の香りと共に鉄瓶の口からほとばしり、鯛の身に絡んだタレを洗い流す。

「アッ！」

文字通り、声を上げて驚いた。黒かった鯛がたちまち白く、それから乙女の頬のようにほんのりと色づいてゆく。

これぞまさしく桜色。墨染《すみぞめ》の空が晴れて、対岸の桜がぼんやりと浮かび上がってきたような風情《ふぜい》である。ひと椀の中に、春の景色の移り変わりが窺えた。

こんな仕掛けがあったのなら、柳井殿になにを言われてもお妙が平気でいたわけである。

「なんと、これは」

次々に出汁を注がれて、旦那衆も目を見張る。もはや誰の了承も待たず、椀に口をつけてすすり込んでゆく。

あとはもう夢中である。鯛は半生《はんなま》、ほろりとほぐれ、胡麻ダレの溶け込んだ出汁と飯粒がさらさらと喉を通り過ぎる。

「はぁ」と息を吐いて顔を上げたころには、すっかり空だ。

こめかみには汗が滲《にじ》み、一同まるで風呂上りのようである。口の中には鯛の香りだけが残っていた。

「どうしたんだい。なにか言うことはないのかい？」

それまで大人しくしていたお勝が、にやりと笑って盃を干す。まるでこのときを待ち構えていたかのようである。

「なんてこった」

只次郎はもう一度、飯粒一つない椀の底に目を移した。

どうやらお妙の凝らした趣向に、みな踊らされてしまったらしい。

「ああ、旨かった、旨かった」

柳井殿が箸をきちりと揃え置き、膝を叩いて笑いだす。からりとした笑顔である。

「すまねぇな、こりゃ見た目も文句なしだ。余計な口を挟んじまったな」

武家ながら、詫《わ》びの声まで鷹揚《おうよう》である。このさっぱりした気性が町衆好み。旦那衆もその顔色をことさら窺うこともなく、のびのびと笑っている。

「まいった、としか言いようがありませんね。鯛一匹で、まさかこれほど楽しませてもらえるとは」

俵屋の頬も、色艶《いろつや》がいい。大満足といったところである。

柳井殿と俵屋の称賛を聞いてから、お勝がぎろりと只次郎を睨んだ。

「ほらね。小さいことでがたがた騒いでんじゃないよ、若侍」

「ええっ」

料理に文句をつけたのは柳井殿だ。庇《かば》った側がなぜ責められる。

あまりのことに只次郎は情けなく眉《まゆ》を寄せ、ぽかんとするばかりである。

「お勝さんこそ、自分の手柄みてぇに言うんじゃねぇよ」

お勝の盃に酒を注いでやりながら、升川屋が茶々を入れる。この婆あに言い返すとは、なかなかの度胸である。

「おや、升川屋さん」

愛想《あいそ》の欠片《かけら》もない顔で盃を受け、お勝は空とぼけたようにやり返す。

「そういやアンタ、お志乃さんを飛鳥山《あすかやま》に連れてってやったんだって？　可愛いもんだね。はじめての遠出だったと喜んでたよ」

飛鳥山はこれまた吉宗公以来の桜の名所だ。江戸の外れにあるため、一日がかりの遊山《ゆさん》となる。

「おや、ご新造さんにはまだ江戸の桜を見せてやってなかったんじゃ？」

こういうときにそっとしといてやらないのがご隠居である。

「まぁまぁ。そこはあまり突っ込まずに」

「新婚だもんなぁ。嫁が一番可愛いときだ。照れなくってもいいじゃないか」

俵屋は優しいところを見せ、三文字屋は呵々《かか》と笑う。

升川屋は額に手を当て首を振った。浅黒い肌が首まで赤く染まってゆく。

「どうしたんだい。アンタも桜鯛みたいになっちまってるよ」

お勝は平然とそう言い放ち、懐から煙管《きせる》を取り出した。

四

食後の番茶でひと息つく。

広げてあった料理はあらかた食いつくし、酒も残りわずかのようである。

ご隠居が腕を組んで、ゆったりと船を漕《こ》ぎだした。熊吉が皿や椀を仕舞いはじめ、そろそろお開きの気配である。

柳井殿は妾を茶屋に待たせていることもあり、「馳走《ちそう》になった」とひと足先に座を辞した。その際にちらりと見えた羽織の裏は、薄浅葱《あさぎ》の地に青海波《せいがいは》と枝垂桜《しだれざくら》を染めたもの。思ったとおりの華やかさであった。

でもあの色柄は、どこかで見た覚えがある。

しかもごく最近である。

只次郎は心の中で首を傾げる。酔いが回っているせいで、なかなか思い当たらない。

桜の花がひらひらと舞い、お妙の肩にそっと留まった。柳井殿が抜けたおかげで隣同士だ。只次郎はなにげなく手を伸ばし、花びらを払おうとしたお妙の手と指先が触れた。

「わっ、すみません」

飛び上がった拍子に番茶が少量、袴《はかま》に散る。

「あらあら」とお妙が手拭《てぬぐ》いで押さえてくれた。

「なに助兵衛心出してんだい」

「違いますよ。花びらを取ろうとしただけです」

じっとりと睨んでくるお勝に、むきになって言い返す。はじめて触れたお妙の手がしっとり柔らかかったものだから、よけいに後ろめたい。

「すみません、お妙さん」

「いいえ。分かっておりますから」

一方のお妙は少しも動じていないようだ。只次郎など男のうちに入らぬということか。

それにしても白い手だ。胡粉《ごふん》を塗った人形のように艶やかである。

「ああっ、そうか！」

とたんに記憶が繋《つな》がった。

「なんです、騒がしいねぇ」

ご隠居が蕩《とろ》けたような声で不平を洩らす。半分夢の中にいるらしい。

「お妙さん、さっき柳井殿の羽裏《はうら》をご覧になりました？」

「ええ。お召しになるときに、少しだけ」

お妙もまたなにごとかと目を瞬《しばた》いている。

只次郎はお構いなしに先を続けた。

「あれ、うちにある女雛《めびな》と同じ布《きれ》ですよ」

こんな些細《ささい》な思いつきに舞い上がるのだから、ずいぶん酔っているのだろう。そうとは気づかぬ只次郎である。

三月三日は言わずと知れた雛祭り。林家では毎年姪《めい》のお栄《えい》のものと、お葉の嫁入り道具だった内裏雛《だいりびな》が飾られる。

女子《おなご》の節句ゆえ、只次郎はこれまで人形に気を留めたことは一度もなかった。それがたまたま今年は雛人形を出した日に、お栄がしょぼくれた様子で離れにやってきたのである。

どうしたのかと尋ねれば、「母上の雛が虫に食われてしまいました」と言う。

仕舞いかたが悪かったのか、女雛の着物に二つ三つ、穴が開いていたらしい。

「それは残念だったたね。でもお栄の人形は無事だったんだろう」

「栄も大事な晴れ着が虫に食われれば悲しゅうございます」

やはり女の子である。一張羅が駄目になってしまった女雛に同情して、小さな胸を痛めていたのだ。

ところがその翌朝、只次郎は縁側の障子を開けて飛び込んできたお栄に叩き起こされた。

「叔父上《おじ》、ご覧くださいませ！」

六つになったばかりの童《わらべ》とはいえ、いきなり腹に乗られるのはきつい。うっと息を詰まらせる只次郎の目の前に突き出されたのは、奥の間に飾られてあったはずの女雛である。

寝起きの目に人形の白い顔が迫り、只次郎は危うく「ひぃ」と叫びそうになった。

「雛の衣が、かように粋になりました」

前日とは一変して、お栄はすっかり元気そうだ。むしろあり余っているほどである。

促されて目をこすりつつ見てみれば、虫食いがあったと思しき箇所に、花びら型の縫い取りがなされていた。

裾《すそ》に一つ、背中に一つ、そして左の肩にもう一つ。

夜のうちにお葉が修繕したものであろう。

枝垂桜の柄と縫い取りがよく合っており、さすがはお葉と感心した。始末のいい兄嫁は、この手の細工が得意である。

粋になった女雛はその後、慌ててお栄を追ってきたお葉が奥の間に並べ直し、節句の翌日には樟脳《しようのう》を入れて仕舞われた。

間違いない、たしかにあれと同じ布である。只次郎は首をひねった。

「同じ反物から誂えたんでしょうか。だとしたらわざわざ人形師に頼んで作らせたってことですよね」

雛市に行けば、手ごろな人形などいくらでもあるものを。

そのわりに、柳井殿とお葉はそりが合わない。柳井殿だけではなく、堅実なお葉も派手好みの父を苦手としているようだ。母亡きあとすぐに後妻を迎え、妾までいるのだから娘としては面白くなかっただろう。

「あっ、そういえば柳井殿、義姉上をけなしたことについては謝りもせず帰りましたよね。許せないなぁ、ああいうのは」

只次郎は正義を気取って鼻息を荒くする。むろん、お妙に聞かせるためである。

俵屋、升川屋、三文字屋は、顔を寄せて近ごろの景気について話し合っているようだ。熊吉までいっぱしの顔で聞き入っており、こちらに注意を払わない。お勝は「ちょいとお手水《ちようず》に」と中座する。

お妙は深酒の青二才にも笑みを崩さず、只次郎のおぼつかぬ手からそっと湯呑《ゆのみ》を取った。

「まぁそうおっしゃらずに。柳井様もあれでいて、お葉様を大事に思っているのかもしれませんよ」

「まさかぁ。お妙さんも聞いたでしょう、あの言い草ですよ」

「面《おもて》に表れているものと、本心が同じとはかぎりませんから」

「そうかなぁ」

解せぬ顔で頬を掻く。まさか窘められようとは、思いもしなかった只次郎である。

「それにしても、なぜ同じ布をお使いになったんでしょう。お帰りになったら、お義姉様に由来をお尋ねになってみては？」

お妙が腕を伸ばし、残った料理を詰め直す。そのたおやかな仕草に見とれ、只次郎は目を細めた。

ああ、あの白魚のような指に、堂々と触れられる男になりたいものだ。

「はぁ、そうですね。聞いてみます」

もはや兄嫁のことなどどうでもよく、生返事になってしまった。

百合鷗《ゆりかもめ》が人を小馬鹿にしたようにひと鳴きして飛び去ってゆく。

また の名を、都鳥。
そういえば「いざ言問はむ都鳥」と詠んだのも在原業平だったなと、只次郎は酔った頭で考えていた。

五

陽《ひ》が西に傾くと、昼間の陽気が嘘《うそ》のように風が冷たくなってきた。

春とはいえ、一日のうちの寒暖の差はまだ激しい。酔い覚ましに遠回りをして帰ってきた只次郎は、拝領屋敷の前でしばらく風に頰をなぶらせてからくぐり戸を開けた。

今ごろ升川屋は新婚を羨《うらや》んだ三文字屋に、吉原へ引き連れられていることだろう。隅田堤の花見から吉原へと繰り出すのは粋人の嗜《たしな》みとはいえ、お志乃には聞かせられぬ話である。

「あ、叔父上!」

まっすぐ離れに行こうとすると、中庭の菜園の前にお栄がうずくまっていた。

手には小枝が握られている。おおかた畑のミミズでも掘り返して遊んでいたのだろう。この子は放っておくといつまでも、地を這《は》う虫を眺めていることがある。

「お帰りなさいませ。あっ！」

只次郎が手に提げているものに目を遣ると、お栄は小枝を放り出して駆け寄ってきた。顔全体がぱあっと照り輝いている。

「はいはい、分かってるよ。ちょっとお待ち」

只次郎は離れにルリオの籠桶を置いてから、母屋に向かった。お栄が後ろからぴったりとついてくる。

お目当ては長命寺《ちょうめいじ》の桜餅《さくらもち》。向島《むこうじま》の名物である。

「母上、母上。叔父上が土産《みやげ》を買うてきてくださいました」

お栄が大声を上げながら、子《こ》供らしい足音を立てて中へ走り込んでゆく。

「なんです、騒々しい」

お葉は台所で下女を差配しているところだった。足元には乙松《おとまつ》がまとわりついている。四つになってもこの甥《おい》は、まだ母親にべったりである。

「ほら、乙松も。そんなところにいては母が動きづらいではありませんか」

そろそろ夕刻。朝早くからきりきりと働いて、お葉はどうやら気が立っている。

只次郎は桜餅の包みを目の高さに持ち上げた。

「どうです、義姉上。甘いもので一服しませんか」

「あら」

いつも困ったような顔をしているお葉がそれを見て、珍しく頰に喜色を浮かべた。

居間でお栄と乙松の相手をしていると、お葉が茶菓をしずしずと運んできた。

長命寺の桜餅は、水で溶いた小麦粉を薄く延ばして焼いた餅に餡を挟み、塩漬けにした桜の葉で包んである。塗りの皿に載せて置かれると、えも言われぬ香りが立ち昇った。

不思議なものだ。桜の葉などいくら嗅《か》いでも匂《にお》いはないのに、塩漬けにするとたちまち香る。

「母上は？」と、只次郎はお葉に尋ねた。

「あとで召し上がるそうです」

父はまだ勤めから戻っておらず、兄の重正は道場に行ったきりだという。

活用する機会もないのに、よくもまぁ厭《あ》きもせず、剣の技を磨けるものだ。それより算盤《そろばん》を覚えたほうがよっぽど役に立つのではないかと、武士らしからぬ只次郎は思ってしまう。

お栄が桜餅を手に取り、邪気なく尋ねた。

「この葉っぱは剝《は》がすのですか？」

「それは剝がすでしょう」と言うのはお葉。

「いやいや、葉もなかなか旨いですよ。私は口の中が甘くなったころに少し齧《かじ》ります」

「食べるものなのですか？」お葉が小さな目を見張る。

「さぁ。でも兄上などは、三枚とも食べてしまいますよ」

長命寺の桜餅は、三枚の葉で挟むように包まれている。

「それはさすがに塩辛いでしょう」

「塩辛《しおかろ》うございます」

葉っぱを齧ったお栄が顔をしかめた。だが乙松は葉つきのまま、平気でかぶりついている。

「きっと好きなように食べればいいんだよ」

只次郎は苦笑いをし、桜の葉を二枚剝《む》いた。

桜餅の食いかたひとつ取っても、好き好きがあるのだ。己の生きかたもこんなふうに、好きに選べればいいものを。

けれどもそんな考えは、おそらく間違っているのだろう。

「そういえば花見の席で、お父上とお会いしましたよ」

愉快な出会いではなかったが、伝えないというのも自然ではない。なにげなさを装って告げると、お葉の顔が心持ち曇ったようである。

「そうですか」と返す声にも硬さがあった。

やはり父と娘の間はしっくりきていないのだろう。人前で娘を腐す柳井殿だ。お葉本人にも、悪口雑言をぶつけてこなかったはずはあるまい。

お妙の言うように大事に思っているのなら、蝶よ花よと可愛がってやればよかったものを。お葉に困り顔がしみついてしまったのは、柳井殿のせいもあるだろう。

せっかくのお八つなのに、場が重たくなってしまった。それでもまだ、聞いておきたいことがある。

「それはそうと、義姉上の女雛の衣とお父上の羽裏は、同じ布なんですね」

「えっ？」

知らなかったのだろうか。お葉が怪訝《けげん》そうに只次郎を見る。目尻《めじり》が下がり、ますます困ったような顔になった。

「なにか謂《い》われのある布なのかと思ったのですが――」

特になにもないなら、人形の衣はただの羽裏の余り布だ。余計なことを聞いてしまったのかもしれない。

「青海波と枝垂桜ですよ。薄浅葱色の」

「ええ、間違いなくそれでした」

お葉に念を押され、頷き返す。

とたんに兄嫁の目が虚《うつ》ろになり、あらぬところを漂いだした。

「どうなされたのです、母上」

そんなお葉をお栄が下から覗き込む。口の周りに餡子を貼《は》りつかせていても、人の情に聡《さと》い子だ。乙松など甘味に夢中で母の顔を見てすらいない。

「いいえ、なんでもありません。少し驚いただけですよ」

お葉は取り繕うように笑い、懐紙で娘の口元を拭《ぬぐ》ってやる。その手つきがいささかぎこちない。

どうやら本当に戸惑っている。

「すみません。にわかには信じられなくて」

汚れた懐紙を懐に仕舞い、お葉はすっと目を伏せた。

「あの女雛の衣は、母の形見の小袖から作らせたものと伺っております」

「そうだったんですか」

だとすれば柳井殿も亡き妻の形見を羽裏に仕立て直し、今もなお着ているということだ。

「意外に情け深いんですね、お父上は」

後妻も妾もいる身でそれは、なかなかに一途《いちず》である。

「だから驚いているのです。わたくしは母にそっくりだと、よくからかわれておりましたから」

たしかに酒の席でも柳井殿は、お葉を指して「見た目も性質も、母親譲り」と言っていた。つまりは器量が悪く、与力の家には向かぬ生真面目《きまじめ》な性質だったということだろう。

だがそれでも、好いていなかったわけではないらしい。

「夫婦の情は、人には分からぬものなのですね」

そう思うのは、只次郎が独り身だからだろうか。

たとえば升川屋である。嫁のお志乃に骨抜きのくせに、旦那衆の集まりではなぜか威を張りたがる。柳井殿もそんなふうに、素直になれぬくちなのだろうか。

お葉を同僚の嫁にやらなかったのも、貰い手がなかったと嘯《うそぶ》いてはいるが、亡き妻の苦労を傍で見ていたせいかもしれない。妻によく似た娘もおそらく、便宜《べんぎ》の取り計らいには向いていないであろうから。

「母のこともわたくしのことも、嫌っているものとばかり――」

只次郎も騙《だま》されていた。ゆえに柳井殿をいまいち好きになれずにいたが、意外な一面もあるものだ。

「お父上はお父上なりに、義姉上のことを思っておられるのでしょう」

黒いタレにまみれた鯛も、熱々の出汁をかければ桜色に輝きだす。見栄を洗い流してしまえばその下には、案外綺麗なものが隠されていたりもするのだろう。

もっともそのような捩《ね》じくれた愛情を注がれる側は、迷惑千万に違いないが。

げんにお葉は只次郎の言葉に頷きかねて、膝の上でもじもじと手を揉んでいる。頬がほのかに赤いのは、承諾しかねる気持ちと照れくささが同居しているためか。

「義姉上、早う食わねば、乙松が狙《ねら》っておりますよ」

一枚の葉も残さずに桜餅を平らげた乙松が、手つかずの皿を横目に窺っている。すかさず皿を乙松のほうに押しやろうとする母心を、只次郎は手招く動作で押し留《とど》めた。

「多めに買ってありますから、それは義姉上が食べてください。乙松も、これ以上食うと夕餉《ゆうげ》が入らなくなるぞ」

「夕餉の後ならよいのですか」

「腹がはち切れても知らないけどな」

乙松のたどたどしい問いかけに、只次郎はのびのびと笑い返した。

「それでは、遠慮なく頂戴《ちょうだい》いたします」

お葉は軽く頭を下げてから、桜餅の葉をすっかり剝いた。真っ白な餅の肌が、朱塗りの皿によく映える。

只次郎もまた己の分を手で摑《つか》み、もちっとひと口。

桜の香りがふわりと広がり、夢心地のようである。葉の部分を小さく齧れば、餡の甘さに絶妙な塩気が混じった。

名物に旨いものなしというのは嘘である。

只次郎は「うまっ！」とこぼれ出そうになった声を、渋めの煎茶《せんちゃ》で押し流した。

鮎売り

一

下駄《げた》を履いた素足が冷たい。

袷《あわせ》になったばかりで、体がまだ慣れていないのだろうか。

卯月朔日《うづきさくじつ》は衣替え。綿入れの綿を抜いて、着るものが袷になる。足袋《たび》もこの日から重陽《ちょうよう》の節句までは履かないのが習いである。

だが今月は、はじめの数日こそ夏を思わせる陽気だったが、その後は空もかき曇り、涼しい日が続いている。重々しい綿を抜いてすっきりしたのもつかの間、袷ではどことなく心許《こころもと》ない。

お妙は手にした空笊《ざる》を、きゅっと抱いた。

寒くはないが、知らぬうちに冷えている。特に早朝、まだ火の気のない土間に立っていると、爪先《つまさき》からじわりと冷気が上がる。

体質なのか、一度得た冷えはなかなか取れない。甘酒売りでもいないかしらと、歩きながら通りを見回す。

日本橋に近づくにつれ、どんどん人が増えてきた。

そろそろ朝五つ（午前八時）というところ。大通り沿いの大店《おおだな》も、間もなく開くのだろう、小僧がおぼつかない手つきで店の前を掃《は》いている。

八百屋《やおや》の店先には近郊の農家が青物市を広げているが、誰もべつに咎《とが》めはしない。

これだけ人が集まれば、客の取り合いにもならない。

あちこちで振り売りの声がして、その中から「あまい、あまい、あまぁざ～け」という節回しが近づいてきた。

やった。喜色《きしょく》を浮かべて振り返る。

だが甘酒売りは、気の抜けた調子であとを続けた。

「ひゃっこい、あまぁざ～け」

お妙はがっくりと肩を落とす。

卯月はすでに初夏である。甘酒は年中売られており、特に夏の暑気《しょき》払いとして好まれる。温かいのと冷たいの、どちらもあるが、冷やし甘酒のほうだったらしい。

まあいい。あとで熱々の出汁《だし》に塩をひとつまみ、それに七味唐辛子を振ったのを飲もう。考えるだけでもあったまる。

そうとなれば、買い物を済ませて早く帰るとしよう。

目指すは魚河岸《うおがし》である。

いつも魚はこの人と決めた棒手振《ぼてふ》りから買っているのだが、今朝は待っても来なかった。それなりに年輩だから、昨今の涼しさに具合を悪くしたのかもしれない。

「あの親爺《おやじ》が持ってくる魚は、目がいいな」

亡き良人《おっと》の善助《ぜんすけ》がそう言っていただけあって、なかなかの目利《めき》きである。諦《あきら》めて他の棒手振りから買おうとしたが、物がどうもよくなかった。

そんなわけで日本橋の魚河岸まで、自ら足を運ぼうというわけである。

「かつおーっ。かつおかつおかつおかつお、かつおーっ」

初夏の江戸名物、鰹《かつお》売りが威勢《いせい》よく駆け抜けてゆく。紙問屋の裏から下女が笊を手に走り出てきて、「ちょいと」と呼んだ。

初物好きの江戸っ子である。中でも鰹は別格で、初鰹には二両、三両の値がついた。だがそれも、ご改革以前の話だ。近ごろは厳しい取り締まりに客のほうで腰が引け、一昨年などは一両三分の初鰹が一本も売れなかったそうである。

売れなければ当然値は下がる。卯月も半ばにさしかかり、そろそろ手が届くかもしれないと、お妙は耳をそばだてた。

「一本おいくら？」

「へい、ちょうど一貫文で」

かつての勢いに比べれば、凄《すさ》まじい下がりようだ。

だが庶民から見ればまだまだ高い。『ぜんや』のような居酒屋で、気軽に出せるものではない。

お妙は頭の中から「鰹」の文字を追い払う。

先月の花見では、俵屋のおかげで立派な桜鯛《さくらだい》を扱えた。それはそれで楽しかったが、店に来るのはお大尽《だいじん》ばかりではない。

いやむしろ、大店の主人たちが常連であるほうがおかしいのだ。

「あ、そうだ」

桜鯛で思い出した。そろそろ「あれ」が食べごろだ。

少ししかないから、すべての客には行き渡らない。せめてあの花の宴に連なっていた面々には出してみよう。

お妙は鰹に未練を残さずに、歩きながら算段をつけてゆく。

そもそもが堺《さかい》の出だから、初鰹に対する欲がない。上方《かみがた》で鰹といえば、秋の戻り鰹だ。あの赤身にこってりと纏《まと》わりつく脂《あぶら》の旨《うま》さ。江戸暮らしのほうがうんと長くなっているが、そこはちょっと譲れない。

室町《むろまち》一丁目の木戸を過ぎると、風に磯臭さが感じられた。

怒鳴り合うような声まで聞こえてきて、日本橋は今朝もたいへんな賑《にぎ》わいである。

二

「へい、らっしゃいらっしゃい。安いよ安いよ」

あっちでもこっちでも、独特のダミ声が飛び交っている。問屋の店先で魚を売る、仲買人である。

扱うものが傷みやすい魚だけに、早く売り切ってしまおうと、魚河岸の男たちは気が急《せ》いている。河岸に繋《つな》がれた平田舟から問屋へと魚を運ぶ荷揚軽子《にあげかるこ》も、人を蹴散《けち》らすような勢いで走っている。

ゆっくり品定めなどしようものなら怒鳴《どな》られかねない。お妙は少しばかり間を取って、それぞれの店先に目を走らせる。

涼しい日が続いているせいか、板舟に並ぶ魚はあまり種類が多くない。それでも鯵《あじ》にイサキ、海老《えび》の類《たぐい》、サザエなどが旬である。

歩きながら物色していると、よく肥えたアオリイカが目に入った。

これは刺身にしても煮つけにしても、天麩羅《ぷら》にしたって旨そうだ。歯で噛《か》み切るときの弾力と、あとからくる甘みを想像すると、たまらない気持ちになった。五杯以上買うと安くすると言うので、それで手を打つことにする。使い切れなくても、一夜干しにしてしまえばよい。

買ったものを油紙に包み、持参の笊に入れた。他に気になるものはないかと、辺りを見回したそのときである。

「うるせぇ。いらねったらいらねぇんだよ。いいからとっとと帰りやがれ！」

野太い怒鳴り声が上がった。

すわ喧嘩《けんか》かと、人々が色めきたつ。

火事と喧嘩は江戸の華。特にこの界隈《かいわい》は血の気の多いのが集まっている。騒ぎは川魚専門の魚屋の、店先で起こっているようだ。

吸い寄せられるように見物の人だかりができてゆく。お好きねぇと半ば呆《あき》れながら、お妙はその脇《わき》を通り過ぎようとした。

「お願《ねげ》ぇします。どうか、お願ぇします」

ん、と足を止めたのは、その声が若い女のものだったからだ。

先ほどの、怒鳴られていた相手である。縋《すが》るような口調が気になり、人垣《ひとがき》の間からそっと覗《のぞ》いた。

「全部売らねぇと、帰れねぇんです」

「知ったこっちゃねぇ。こっちは傷モンの鮎《あゆ》なんざ願い下げなんだよ！」

怒鳴っているのは川魚屋の主人らしい。まくり上げた腕にびっしりと強《こわ》い毛の生えた、厳《いか》めしい男である。

その足元で小柄な女が、泥濘《ぬかる》んだ地面に額をこすりつけるようにしていた。

顔を上げるとまだ幼い。歳《とし》は十二か三だろう。手を入れていない眉《まゆ》を下げて、訴えかけるように主人を見上げる。

手拭《てぬぐ》いを姉さん被《かぶ》りにし、手甲《てっこう》と脚絆《きゃはん》を着けた装いは、どことなくくたびれていた。傍《かたわ》らに置いた竹編みの平籠《ひらかご》に、小振りの魚が並んでいる。

鮎売りだ。

江戸の鮎は若い女たちが玉川（多摩《たま》川）から、夜通し歩いて運んでくる。目指すは四谷塩町《よつやしおちょう》の鮎問屋。そこで荷を下ろし、来た道をまた引き返すのだ。

それがなぜ、日本橋まで出張《でば》っているのだろう。

「おいおい、買ってやれよぉ」

喧嘩ではないと分かり、見物人から気の抜けた声が上がった。人垣も、一人二人と減ってゆく。

主人が声のしたほうに向けて怒鳴《どな》った。

「冗談じゃねぇ。いっぺん落っことしちまったとかで、見ろよこれ。傷だらけじゃねぇか」

少なくなった見物と共に、お妙も籠を覗き込む。

たしかに十数尾すべて、ところどころに傷がつき、身が見えるほど抉《えぐ》れているのもあった。

だがそれならはじめから傷ものとして、安く売ればいい話ではないか。

「なのにこのガキ、値は一文も負からねぇと、分かんねぇことを言いやがる。やってられっかよ！」

なるほど、主人が立腹している訳は分かった。

おそらく四谷の問屋でも、買い取りを拒《こば》まれたのだろう。だから疲れた脚を引きずって、日本橋までやって来た。娘にも、言い値で売らねば困る事情がきっとあるのだ。

それを見物人は、我関《われかん》せずとばかりに囃《はや》し立てる。

「娘さんが可哀想《かわいそう》だぞぉ」

「そうだそうだ、懐《ふところ》の深いとこ見せてやれよ」

「そう思うんなら、てめぇが買ってやりゃいいじゃねぇか。仕入れ値だ。安いもんだろ」

「うーん、でもこんなにいらねぇしな」

周りはみな男ばかり。助けてやろうと申し出る者もなく、にやにやと顔を見合わせている。

お妙はすっと前に出た。

「いいわ。私が買うわ」

細い肩に手を置くと、娘が潤《うる》んだ目を向けてくる。

垢抜《あかぬ》けはしないが、愛らしい子だ。

値を聞けばたしかに安かった。そんなはした金のために長い道のりを歩いてくるのだと思うと、哀《あわ》れですらあった。

「おいおい姐《ねえ》さん、いいのかよ？」

中年増《ちゅうどしま》の口出しに、主人のほうがたじろいでいる。

お妙は「ええ」と頷《うなず》いて、板舟に並ぶ籠を指した。

「あと、そこの鮎もひと盛りくださいな」

「へ、へい。毎度あり！」

見物の中から、ピュウと調子はずれな口笛が上がった。

「姐さん、粋だね。店でもやってんの？」

「いけねぇ、オイラ惚《ほ》れちまった」

「いい女だぁ。うちの嬶《かかあ》に爪《つめ》の垢煎《せん》じて飲ませてやりてぇな」

口々に褒《ほ》めそやされて、顔が熱くなる。心ならずも目立ってしまった。

あしらいに困り、野次馬には微笑《ほほえ》みだけを返す。それから地面に座り込んでいる娘に手を差し伸べた。

「行きましょう。神田花房町に家があるの。少し休んでゆくといいわ」

どのみち千代田のお城をぐるっと回って、遠い道のりを帰るのだ。『ぜんや』はほとんど通り道にある。

娘を従えて歩きだすと、なぜか喝采《かっさい》が沸き起こる。

お妙は逃げるようにしてその場を去った。


さて、思いがけず鮎が手に入った。

初鰹にはさほど心惹《こころひ》かれぬお妙だが、若鮎は別である。

なにしろ出回りはじめたばかりの鮎は、骨も皮も柔らかい。身の香り高さと皮の香ばしさ、どちらも楽しむならこの時期だ。

もっとも娘から買った鮎は、路上にぶちまけてしまったというから、客に出すのは憚《はばか》られる。だったら賄《まかな》いにしてしまえばいい。

自分とお勝、二人分には少し多いが、焼いておけばいくらでも食べられる。考えただけでも楽しみで、頰《ほお》がきゅっと窄《すぼ》まった。

そんないい鮎に傷がついてしまったのは、四谷の大木戸のすぐ目の前、内藤新宿《ないとうしんじゅく》の宿場町で、ごろつきの諍《いさか》いに巻き込まれたせいだという。

「なんだと、てめぇ。この野郎」

怒声に驚き、振り返ろうとしたときにはもう遅かった。

後ろから男がぶつかってきて、娘は竹籠もろとも地面に投げ出された。

一緒に尻餅《しりもち》をついた男は、旅籠《はたご》屋の下男ふうだったという。慌てて散らばった鮎をかき集めたが、すっかり踏み潰《つぶ》されているのもあった。

見上げれば風体よろしからぬ二本差しの二人組が、下卑《げび》た笑みを浮かべていた。おおかた飯盛《めしも》り女に無体をはたらき、下男に摘まみ出されたのだろう。それで逆上したというところだ。

「てめぇ『黒狗組《くろいぬぐみ》』なめんじゃねぇぞ！」

「そのへんにしておけ。行くぞ」

二人組のうち血の気の多そうなのが吠《ほ》え、もう一方が窘《たしな》める。なぜか諍いを止めた侍のほうが恐ろしかったと、娘は身を震わせた。

「だって、すごく冷めた目ぇしてたんだもの」

このところ貧乏旗本の厄介である次男三男坊たちが、『黒狗組』だ！」と徒党を組んで暴れ回っているのは知っている。数を頼んで居丈高《いたけだか》になっている彼らは、鮎を拾い集めるちっぽけな娘など、気にも留めなかったことだろう。

「可哀想に。怖い思いをしたわね」

「うん。だけど、お姉さんみてぇないい人にも会えたし」

床几《しょうぎ》に腰掛けた娘ははにかみながら、七味唐辛子を振った出汁を啜《すす》る。小さな八重歯の覗く笑顔に、つられてこちらも頬が緩《ゆる》んだ。

竈《かまど》に火を入れたおかげで、調理場も暖かくなってきた。お妙は前掛けを締め直し、仕込みに入る。

「疲れたでしょう。お腹《なか》になにか入れて、少し寝て行ったら？」

素直な子には優しくしてやりたくなる。だが娘は真っ青になって首を振った。

「とんでもねぇ。オラ、すぐ帰んねぇと。ねっちゃにぶたれる」

「まぁ」

それは引き留めたのが悪かったかもしれない。だがどうしても、あのまま帰す気にはなれなかった。歳はお妙の見積もりよりやや上の、十四だというが、首も手脚も細っこく、栄養が足りていないのは明らかだった。

聞けば娘はふた親をすでに亡くし、兄夫婦と共に暮らしているそうだ。「ねっちゃ」というのは、兄嫁のことらしい。

「まこと、ありがとうごぜぇました。旨かったです」

ねっちゃの顔でも思い出したか、娘は湯呑《ゆのみ》を置いて立ち上がる。

「あ、ちょっと待って。本当にすぐだから」

炊《た》きたての飯を振舞ってやろうと思っていたから、七厘《しちりん》の炭は熾《おこ》っている。お妙は残り物の冷や飯を手早く江戸流の三角に握り、網で焼いてこってりと味噌《みそ》を塗った。

奮発して、やや値の張る江戸甘味噌である。この甘みは若い娘にはたまらないだろう。味噌の焦げる匂《にお》いに、腹の虫がキュウと鳴るのが聞こえてきた。

竹の皮に包んで持たせてやると、娘は涙を浮かべて受け取った。見送りに出たお妙に向かって、何度も何度も頭を下げる。

神田川から外堀沿いに歩くつもりなのだろう。小さな後ろ姿が遠ざかり、やがて見えなくなってしまった。

街道をゆく大人の男でも、一日に進むのは十里ほど。娘はこれから粗末な草鞋《わらじ》で、玉川の上流まで十数里の道をゆくのである。

三

支度を始めるのが遅くなってしまった。

娘を見送ってから、調理場に戻ってお妙はてきぱきと立ち働く。

卯月の間は卯《う》の花《はな》の炒《い》り煮《に》が欠かせない。干し椎茸《しいたけ》の戻し汁で風味を効かせ、仕上げに溶き卵を回しかける。このなめらかな口当たりが好みである。

烏賊《いか》は捌《さば》いて胴は一夜干しに。下足《げそ》とワタは鉄鍋《てつなべ》を熱し、明日葉《あしたば》と炒《いた》める。醤油《しょうゆ》を垂らすとじゅわっという音とともに、香ばしい匂いが立ち昇った。

残った下足は里芋と煮よう。隠元《いんげん》はほどよく茹《ゆ》でて、胡麻《ごま》ダレで和《あ》える。

春先にたっぷり煮て塩漬けしておいた筍《たけのこ》を塩抜きして、吸い物の身に。吸い口は花《はな》山椒《ざんしょう》だ。

鮎はもちろん塩焼きだろう。味や香りもさることながら、この魚は形の美しさをも楽しむものだ。

泳いでいる姿そのままに踊り串《ぐし》を打ち、塩はぱらりと控え目に。ヒレや尾が焦げないよう化粧塩をすることもあるが、塩辛くて食えたものじゃない。ここがパリッと旨いのに、それはあまりにもったいない。

もうひと味ほしいと欲張るなら、蓼酢《たでず》だろう。帰りに青物市で買ってきた青蓼を細かく刻み、擂鉢《すりばち》であたる。

粘りを出すため冷や飯を少量入れて、とろっとするまで練ったところに、加減しながら酢を入れた。

指にすくって舐《な》めてみれば、ピリリと辛い。この辛みが鮎の風味を邪魔するどころか、引き立ててくれる。

ひととおりの支度を終えて、ひと息ついた。店を開ける時刻まで、湯を一杯飲むくらいの暇はありそうだ。

床几には鮎売りの娘の使った湯呑が、そのままになっている。

軽く濯《すす》いで湯を注ぎ、あの子は今ごろどこを歩いているだろうかと、物思いに耽《ふけ》った。足が速ければ、もう内藤新宿を過ぎたかもしれない。

日が長くなったとはいえ、帰り着くころにはすっかり暮れているだろう。「ねっちゃ」にひどくぶたれなければいいのだが。

兄嫁にしてみれば、あの子は余分な食い扶持《ぶち》なのだ。娘が頑《かたく》なに鮎の値を下げなかったのは、そのようにきつく言い含められていたせいだろう。

他に寄る辺のない身では、口答えもできぬ。嫁に行くまでの辛抱とはいえ、嫁ぎ先でもいびられぬとは限らない。

田舎《いなか》では、嫁は子を産む働き手だ。毎日くたくたになるまで追い回される。家に在《あ》りては父に従い、嫁《か》しては夫に従い、夫死しては子に従う。そう説かれる女の生きざまとは、なんであろうか。

幼くしてふた親を亡くしたのは、お妙も同じ。もしかするとそのまま妓楼《ぎろう》に売り飛ばされて、今とはまるで違う運命を辿《たど》っていたかもしれない。

だが引き取ってくれた善助はすこぶる優しく、亡き父のように「女に知恵がなくてもいいなんてこたぁ、あるもんか」と言ってくれた。

お妙が思うところを述べても「小賢《こざか》しい」と叱《しか》らずに聞いてくれ、「聡《さと》さをあんまり前に出すんじゃねぇぞ。外では一歩引いて笑ってるくらいが賢いんだ」と、身の守りかたも教えられた。

嫁にしてくれと迫ったのは、もちろん善助が好きだったからだが、今さら他の男の元で暮らすなど、息苦しくてたまらないと思ったからでもある。

義理の姉となったお勝にしたって、口は悪いが優しい女だ。江戸に来たばかりの頃、善助が居酒屋をはじめる前の下準備をしている間に、お勝の元に預けられていた一年だけでも、返しきれないほどの恩がある。

今でもお勝には心配をかけてばかりだ。

善助に先立たれてしばらくは、床から起き上がることもできなかった。まるで煮固めた寒天の中にいるかのごとく、見るもの聞くものすべてがぼやけ、暑い寒いも感じなかった。

そこへ強引に割り込んで、尻《しり》を叩《たた》いたのがお勝である。

「おお嫌だ、畳に黴《かび》でも生えてんじゃないかい。ほら、床を上げてそこ、掃いちまうよ。頭がついてこなくったって、とにかく手と足を動かすんだ。店も開けるよ。働かなきゃおまんまも食えやしない」

それから毎日通ってきては、お妙の働きぶりを見守っている。耳が痛いことも平気で言うが、お勝がいなければ、とっくに店を手放していたことだろう。

返せぬほどの恩が、降り積もってゆくばかり。

私はたんに、運がよかったんだわ。

目尻に浮いた涙を払い、お妙はぐっと白湯《さゆ》を飲み干す。

周りにいた人が、たまたま優しかっただけ。お勝の良人の雷蔵《らいぞう》も、お勝の息子たちも、みんな幼いお妙によくしてくれた。

ままならぬことが多くても、力のかぎり生きなければ。

近ごろようやく、そう思えるようになってきた。

湯呑を洗い、桶《おけ》に伏せる。

そろそろお勝が来る頃合《ころあ》いだ。せめて笑って出迎えよう。

三月《みつき》ほど前に裏長屋の駄染《だぞ》め屋に押し込まれてからというもの、お勝はずっと内所《ないしょ》に泊まり込んでいた。二人で布団を並べるのは昔に戻ったようで懐かしかったが、あんまり続くと雷蔵に悪い。

逃げた駄染め屋はまだ見つかってはいないが、木戸番にしっかり届け出てあるし、戸締りにも気をつけている。もう大丈夫だと言い聞かせ、卯月に入ってからは家に帰ってもらうことにした。

どうせいつもの仏頂面で入ってくることだろう。隠れておいて、「わっ！」と脅《おど》かしてやろうかしら。

そんな悪戯《いたずら》を思いつき、お妙は開け放した戸口の脇に控えた。

「わっ、お妙ちゃん。なによ、びっくりするじゃないのさ」

はじめに店に入ってきたのは、お勝ではなかった。

裏長屋に住む、おえんである。戸口に潜むお妙に驚き、豊かな胸乳を揺らして後退《あとじさ》った。

「ごめんなさい。お勝ねえさんを待っていたんですけれど」

「まだ来てないの？」

「ええ。でも少しくらい遅れることは、よくありますから」

店を開ける朝四つ半（午前十一時）は、もう過ぎている。

お妙は照れ隠しの笑みを浮かべ、いそいそと調理台の向こうに戻った。その横に据えた見世棚には、大皿に盛られた料理が並んでいる。

おえんがごくりと喉《のど》を鳴らした。

「なにか取りましょうか」

「ううん、いいのいいの。奴《やっこ》をおくれ」

おえんは肥えた体を気にしてか、昼は豆腐と決めている。そのわりに痩《や》せないのは、間食が多いせいだろう。人が旨そうに食べているのを見ると、「どうしようかなぁ」と迷いつつ、けっきょく食ってしまうのだ。

そのくらいなら昼をちゃんと食べたほうがいいと思うのだが、当人はまだ諦めがつかぬらしい。

「はい、かしこまりました」

お妙は盥《たらい》の水に放ってあった豆腐を取り、布巾《ふきん》で水気を拭《ふ》き取った。

薬味は生姜《しょうが》と葱《ねぎ》、茗荷《みょうが》も刻もう。家で食べる奴豆腐とはひと味違うものにしたいと、濃口醬油に煮切った酒を混ぜる。それだけで醬油にコクが出る。

「うーん、これこれ。お妙ちゃんの手にかかると冷奴もこんなに美味《おい》しくなるんだから、不思議だねぇ」

豆腐の角を崩して口に含み、おえんが頰を持ち上げる。

お妙はまだ湯豆腐が恋しいが、雪の日でも裸足《はだし》で通すおえんにはすでに暑いのだろう。

「うちの冷奴なんか、どぶどぶ醬油かけなきゃ味がしなくってさぁ」

「豆腐の水切りはしてます？」

「あ、それかぁ」

「水をちょっと拭くだけでも違いますよ」

「ああ、いいのいいの。美味しいのが食べたくなったら、ここに来りゃいいんだからさぁ」

ずぼらなおえんらしい言い分である。

そしていつもの邪推《じゃすい》がはじまった。

「ところで隣の婆《ばば》あがさぁ、うちの亭主に色目使ってくるんだけどさ」

おえんの家の隣には、七十過ぎの老婆が一人で住んでいる。

相手が女と見るや、生まれたばかりの赤子から、骨と皮しかない老婆にまで悋気《りんき》を起こす。亭主もよく我慢しているものである。

のらりくらりと愚痴《ぐち》につき合い、半刻（一時間）ほど過ぎただろうか。

話に相槌《あいづち》を打ちながら、お妙は戸口を流し見る。おえんもその仕草に気づいたらしく、いったん悋気の虫を収めた。

「お勝さん？」

「ええ。ちょっと遅いと思いまして」

もうしばらくで昼九つの鐘が鳴るだろう。お勝は几帳面《きちょうめん》な性質ではないが、ここまで遅れるほど大雑把でもない。

「だよねぇ。アタシもさっきから、いつお勝さんの嫌味が割り込んでくんのかと、びくびくしてたんだけどね」

おえんでさえ、遅いと感じていたようだ。

二人して戸口に目を遣《や》るが、お勝が来そうな気配はない。

「アタシが店見といてあげるからさ、今のうちに行ってみちゃどうだい？」

横大工町《よこだいくちょう》のお勝の家までは、橋を渡ればすぐである。

幸い客はおえんのみ。お妙は軽く手を合わせた。

「構わない？　ごめんなさい、すぐ戻ってきますから」

「いいよいいよ。腰やっちまって、身動き取れなくなってんのかもしれないしさ。ほら、早く行ってやんな」

腰をぎっくり痛めてしまうと、少しも動けぬほど辛いという。お勝は四、五年前にもそれで十日ほど寝込んだことがあった。雷蔵が仕事に出たあとなら、一人で苦しんでいるかもしれない。

「ありがとう、おえんさん」

お妙は身を翻《ひるがえ》し、前掛け姿のまま外に走り出ようとする。

だがその前に、入り口からにょきりと顔が生えた。よく日に焼けた男が、中を覗き込んでいる。

「お、いたいた。さっきの姐さんだ」

お妙を指差し、男は後ろを振り返る。

「おーい、ここだぁ。この店だぁ」

そう言って、尻っぱしょりの裾《すそ》を下ろしながら入ってきた。緩い衿元《えりもと》から腹掛けを覗かせ、半股引《はんももひき》を穿《は》いている。

似たような風体の男がもう一人、手招きされてあとに続いた。

「神田花房町って聞こえたからさ、探しちまった。居酒屋だったとは、こりゃ気が利いてるねぇ」

身動きすると、ほのかに魚の匂いがする。魚河岸にいた男たちだろう。おそらく川魚屋での経緯《いきさつ》を、周りで見物していたのだ。

「ひとまず八文二合半《こなから》つけとくんな」

一合八文の安酒を注文すると、おえんが座る床几の片側にどさりと腰を下ろしてしまった。

「見っけた！　姐さん、さっきはかっこよかったぜ」

「俺、アンタにもう一遍《いっぺん》会いたくってよぉ」

「エへへ、来ちまった」

それからというもの、次から次へと魚河岸の男たちがやって来る。店はたちまち大《おお》賑《にぎ》わいになってしまった。

魚は朝のうちに売り切ったのだろう、いずれも仕事の垢を酒で洗い流そうという者ばかり。これは長っ尻になりそうだ。

どうやらお勝の様子を見に行くどころではない。

「お妙ちゃん、アタシ手伝うよ」

見たこともない繁盛《はんじよう》ぶりに、おえんでさえ立ち上がった。


「おい、なんだ。こりゃすげぇな」

戸口で戸惑《とまど》いの声が上がったのは、それからさらに半刻ほど過ぎたころだった。

魚河岸での一件を見聞きしていた客が引きも切らず、狭い店は床几も小上《こあ》がりもすっかり人で埋まっていた。勝手に酒樽《さかだる》を運んできて、そこに座っている者まである。

これ以上はさすがに入らぬ。断るか待ってもらうかしなければ。

しゃがんで七厘に土鍋をかけていたお妙は、「あいすみません」と立ち上がる。

調理台の向こうにいたのは、印半纏《しるしばんてん》にねじり鉢巻きをきりりと締めた、年輩の男であった。

「ああ、にいさん」

お妙は安堵《あんど》の息を洩《も》らす。お勝の良人、雷蔵である。

近ごろめっきり髷《まげ》が痩せ、白いものが交じるようにはなったが、小兵《こひょう》ながらがっしりと締まった肩つきに衰えはない。

調理台をぐるりと回り、お妙はその両腕に取りついた。

「ねえさんは。お勝ねえさんはどうしてるの？」

来るはずの人を待つのは苦手である。善助が帰らなかった夜を思い出す。

「落ち着け、落ち着け。心配ねぇよ」

そんなお妙の肩を叩き、雷蔵は皺《しわ》だった笑みを浮かべた。

「すまねぇな。朝のうちに知らせてやろうと寄ったんだが、留守だったみてぇでよ」

ちょうど、お妙が仕入れに出ている間に立ち寄ったものらしい。ではやはり、お勝になにかあったのだ。

「仕事の間もお妙ちゃんがさぞかし心配してるだろうと、気が気じゃなかったんだが――」

「だから、ねえさんは？」

問われたことから先に答えればいいものを、雷蔵の話は回りくどい。人柄もよく大工仕事の腕もいいが、弟子がなかなか居着かないのはそのせいではないかと思う。

「それが昨夜《ゆうべ》、寝る前から寒気がすると言って、寝込んじまっててさ」

「まぁ、大変。お医者様は？」

「そんな大層なもんじゃねぇよ。熱がちょっと高そうだが、ただの風邪《かぜ》だろうよ」

この季節なら、傷風《しょうふう》（インフルエンザ）ということはまずあるまい。このところの、急な冷えがよくなかったのだろう。

めったに寝込むことのないお勝だ。慣れていないだけに、辛《つら》かろう。

「お昼は？」

「食いたくねぇってんで、一応枕元《まくらもと》に湯冷ましと湯漬けを置いてきた」

「せめて濡《ぬ》れ手拭いを、額と首と——」

「脇の下と脚のつけ根に当てろ、だろ。やってあるよ」

お妙の言わんとすることを先回りして、雷蔵が頷く。折敷《おしき》を下げてきたおえんが、通り過ぎざま口を挟んだ。

「手拭いなんざ、額にちょっと載せときゃいいんじゃないのかい？」

「首と脇と脚のつけ根は、大きな動脈が通ってますから。冷やすと熱が下がりやすくなるんです」

「どうみゃく？」

耳慣れぬ言葉に首を傾《かし》げるおえんである。

「心の臓から出て、全身にくまなく巡る血脈のことです」

「ますますわけが分かんないね」

「お妙ちゃんのおとっつあんは、医者だったたんだってよ」

見かねて雷蔵が助け舟を出す。

「なるほどねぇ」と、分からぬながらおえんも頷いた。

「ええ。蘭学《らんがく》も齧《かじ》ったことがあるようで、私が熱を出すとそうしてくれたんです」

だからようするに、受け売りだ。今から十七年前に、杉田《すぎた》玄白《げんぱく》らによって刊行された『解体新書』に同じ言葉が散見されるが、そんなことまではもちろん知らない。

もっとも田沼主殿頭《たぬまとのものかみ》のころに奨励された蘭学も、松平越中守《まつだいらえつちゆうのかみ》はお嫌いなようで、昨今では取り締まりを強めている。そのご改革はまるで、前の時代を打ち消したいかのようである。

「そりゃいいことを聞いた。亭主が熱を出したらやってみるよ」

無駄話をしている暇もろくにない。小上がりの客に呼ばれ、おえんが注文を受けに行った。間違いも多いが、持ち前の朗らかさで楽しげに立ち働いている。

「くぅっ、こりゃうめぇ！」と、料理を口にした客が声を上げた。

「こんなに口当たりのいい卯の花は、食ったことがねぇ」

「ああ。菜っ葉の炒めも、深みがあると思や、烏賊のワタか」

「これオイラが売った烏賊だぜ。上手く使ってくれてありがとよ！」

「気に入ったよ。通うよ、この店」

好き勝手に喋《しゃべ》る客に、お妙は愛想よく笑顔を返す。多少荒っぽいところもあるが、おおむね気のいい男たちである。

「いやしかし、ちょっと見ねぇうちにずいぶんな繁盛だな」

雷蔵が困惑顔で目を瞬《しばた》いた。

「これは今日、たまたまで。お勝ねえさんの様子も見に行けずにすみません」

「なに言ってんだ、いいことじゃねぇか。あいつは寝てりゃ治るだろうから、気遣いいらねぇよ」

とはいえ病気で寝込んだときは、心細いものである。一人きりで寝ていると、世の中から取り残されたような気にもなる。本当はすぐにでも駆けつけて、看病してやりたいところなのだが。

「店を放《ほう》り出して駆けつけたって、あいつは怒るだけだと思うぜ」

それがお勝という女である。しかも気遣いからではなく、本気で怒る。この調子では客足が落ち着いたころに、ちょっと顔を見に行くくらいが関の山だろう。

「んじゃあ、また仕事帰りに寄るわ」

「にいさん、お食事は？」

「なぁに、家でさらさらっと済ましてきたさ」

午後の仕事に戻るのだろう。雷蔵は目尻に皺を寄せ、「行ってくらぁ」と手を振った。

四

客でひしめいていた店内がようやく落ちついてきたのは、夕七つ（午後四時）を過ぎてからだった。

魚河岸の仕事は朝が早い。そのぶん早めに酔って、ひとっ風呂《ぷろ》浴びて寝てしまうのだろう。

「おい、こら。起きろ。起きろっての」

家に帰るまで待てず、小上がりでいびきをかいている男までいる。同輩に頰を張られても、「ううーん」と唸《うな》るだけで起きそうにない。

「旨かった。ありがとよ」

「おかげさまで疲れが取れた。これでまた明日っから気張れるってもんよ」

別の客が真っ赤な顔をほころばせて去ってゆく。

労《ねぎら》われると、やはり嬉《うれ》しい。表まで客を見送ってから、お妙は小上がりに水を運んだ。

「お、こりゃ悪ぃね。ほれ、水だぞ。飲め」

同輩が湯吞を受け取り、口元まで持ってゆく。それでも寝ている客は、いやいやと首を振るばかり。これが最後のひと組である。

「無理に起こさなくても。ゆっくりでいいですから」

あまりによく寝ているので気の毒になり、つい仏心を出してしまった。

「そうかい。そんじゃ、お言葉に甘えて」

「きゃっ！」

連れの男は湯吞を置くと、お妙の手を取って引いた。

勢いで小上がりに片膝をついてしまう。まるで小娘のような声が出た。

「女将《おかみ》さん、この店一人でやってんのかい？　この細腕で、やっかいなことも多いだろうによ」

今がまさにそれである。このときを狙《ねら》っていたのか、おえんはちょうど裏の井戸に洗い物に出ていた。

男は歳のころ三十前後。髷を細長く取った、いなせ風だ。自分は色男だと、自惚《うぬぼ》れているくちである。

「やめてください。困ります」

きっぱりと断っても、こういう手合いには通じない。嫌よ嫌よも好きのうちと、都合のいい解釈をしてしまう。

「いいじゃねぇか。どうせなら、二階でゆっくりさしてもらおうか」

鼻先に酒臭い息が降りかかる。こんなとき、いつも助けてくれるお勝はいない。

身をよじって逃れようとするが、もう片方の手首もがっしりと摑《つか》み込まれてしまった。

「おい、なにをしている」

背後から、咎《とが》めるような声が上がった。振り返るといつの間に来たのか、林只次郎が佇《たたず》んでいる。

次男坊とはいえさすがは武士。きりりとした立ち姿には迫力があった。

だがいなせ風も、武士に凄《すご》まれたくらいでは引くに引けない。

「なんだ、てめぇ。何者だ」

「私はこの店の——常連だ」

そのとおりだが、なんとも力の抜ける回答である。

只次郎は刀の柄《つか》で、戸棚に並んだ置き徳利《とつくり》を指し示した。

「お主には、あれが見えぬのか？」

「なんだ？　ええっと、菱屋、俵屋、升川屋、三文字屋、三河屋《みかわや》——」

いなせ風は促されるままに、徳利に掛かった木札を読み上げてゆく。やがて「ちっ」と舌を鳴らした。

「分かった、あん中の誰かの妾《めかけ》ってことか。しゃらくせぇ、帰ってやるよ」

どう解釈したものか、お代を叩きつけるように置くと、寝ている男を乱暴に揺り起こす。それでもまだ起きないので、肩を貸して立ち上がる。

「ちくしょう、ちったぁてめぇで歩きやがれ！」

同輩を引きずるようにして、去って行った。

その後ろ姿をぼんやりと見送ってから、お妙はふっと目を伏せる。

「私って、やっぱりお妾さんに見えるんでしょうか」

「えっ、まさか。違いますよ」

焦った様子の只次郎、いつもの武家らしからぬ言葉遣いに戻っている。

「男が助兵衛なのが悪いんです。お妙さんはただ、いい女なだけですよ！」

勢いづいて、いらぬことまで口走ったらしい。しまったとばかりに只次郎は、目を白黒させている。

傍《そば》に度を失った人がいると、かえって冷静になるものだ。只次郎の狼狽《ろうばい》に、ざわついていた胸がすっと鎮《しず》まる。

少し前に鶯《うぐいす》の糞《ふん》買いの又三から、妾奉公の話があると聞かされた。それからというもの、自分はそういう女に見えるのかと、人の目が気になっているのかもしれない。肝心の又三がちっとも捕まらないものだから、なおさらである。

「すみません。ありがとうございます」

世の男がみな只次郎のようであったなら、接してゆくのも楽だろうに。口元を隠しても、ふふっと声が洩れてしまう。

つまり、まったく男として見ていない。そうとも知らずに只次郎は、頬を染めて分かりやすく話題を変えた。

「えぇっと、お勝さんはどうしたんです？」

お勝がいれば、あんな男はさっさと追っ払っていただろうに。

只次郎がそう思っているのが手に取るように分かり、お妙はまた己が情けなくなった。この若侍の目から見ても、自分は頼りなく映るのだろう。

「お妙ちゃぁん、ごめぇん、小皿一枚割っちゃった」

裏口からおえんが戻って来た。小脇に抱えた盥の中で、洗った器が音を立てる。

「あれ、おえんさん？」

前掛け姿のおえんを見て、只次郎が首を傾げた。


「そうですか、お勝さんが」

床几でくつろぐ只次郎に、ほどよく温まったちろりの酒を運んでゆく。

おえんもまた少し間を開けて座り、番茶で一服していた。お茶請けに出した梅の甘露煮を、実に旨そうに食っている。ひと仕事を終えて、腹が減っているのだろう。

「あの人でも風邪なんかひくんですねぇ。病のほうが尻尾《しっぽ》巻いて逃げそうなのに」

「本当にねぇ。病に説教がきくなら、お勝さんは無敵だろうさ」

本人がいないのをいいことに、只次郎もおえんも言いたい放題である。

「んもう。ねえさんに言いつけますよ」

馴染《なじ》みの客はやはり気楽だ。お妙は気を取り直し、笑いながら折敷を置いた。

「なんです、これは」

只次郎が首を伸ばして覗き込んでくる。

ちろりの横に、小皿と楊枝《ようじ》が添えてある。そこに短冊状のものが三枚。柿色《かき》をしており、軽く炙《あぶ》ったのでうっすら焦げ目がついている。

「からすみです。先月の、桜鯛の真子《まこ》で作りました」

「おおお！」

たちまち只次郎の目が輝く。

からすみは通常ボラの卵で作るものだが、実は魚卵ならなんでも使える。しっかり塩をして気長に干して、ようやく食べごろというわけである。

「たくさんあるわけじゃないので、少しずつですみませんが」

盃《さかずき》に酒を満たしてやると、只次郎はひと口喉を潤し、待ちきれぬとばかりに楊枝を取った。

「これはうまぁい。ねっとりして、後引く味です」

目を瞑《つぶ》り、くぅっと唸り声を上げている。

風味が濃厚なからすみは、酒で流しながらちびりちびりと齧るのがよい。

おえんがもの欲しげに指をくわえた。

「いいなぁ。アタシも味見がしたいよぅ」

「しょうがないなぁ。一枚どうぞ。大事に食べてくださいね」

人のものを欲しがるなどはしたないことだが、只次郎はさほど気にせず分けてやる。

おえんは「やったぁ」と喜色《きしょく》を浮かべ、不作法に指で摘まんだ。

「やだ、なんだいこりゃ。少し齧っただけだってのに、口の中全部が美味しいよぅ」

言わんとすることはよく分かる。旨みが舌の上でとろけているのだろう。

「困ったぁ。酒が欲しくなっちまうよ。でもまた肥えちまうし、どうしよう」

「お妙さん、盃をもう一つ」

どうせ我慢などできないのだ。只次郎に先回りをされて、「ええーっ。じゃあ、一杯だけ」と盃を受けるおえんである。

お妙はその光景に目を細めた。旨いものは、楽しく食べるのが一番だ。この人たちを見ていると、こちらまで幸せな気持ちになる。

「それはそうと、お勝さんの様子を見てきちゃどうです？　私は勝手に呑《や》ってますから」

「よろしいんですか？」

「ええ、もちろんです」

「じゃあ、お言葉に甘えて少しだけ。おえんさんも、ゆっくりしてってくださいね」

おえんは早くもちろりから、二杯目の酒を注ごうとしている。

どうやらいけるくちである。羽二重《はぶたえ》餅《もち》のような肌をほのかに染めて、「あ、でもほら」と入り口を指差した。

振り返ると雷蔵が、敷居をまたいで入ってくるところである。

肩に大工道具を担いでいないところを見ると、仕事が終わっていったん家に寄ったのだろう。

「雷蔵にいさん、お帰りなさい。ねえさんは？」

背後では只次郎がおえんに、「誰？」と尋ねている。

「お勝さんの旦那《だんな》だよ」

「ひょえっ！」

どういう意味なのか、驚愕《きようがく》とも悲鳴ともつかぬ声が上がった。

「熱はもういいようだ。大事を取って、まだ寝とくよう言ってあるけどな」

「そう、よかった」

ほっと胸を撫《な》で下ろす。たちの悪い病ではないようだ。

「それでよぉ、あいつになにか、旨いもんをこしらえてやってほしいんだがよ」

ということは、少しは食欲が戻ったのだろう。

喜ばしいことだが、雷蔵は困ったように頰を搔《か》く。

「お妙ちゃんには、あいつの食いたいもんが分かるかい？」

「はい？」

長いつき合いではあるが、そんなものはそのときの気分だ。分かるはずがない。

「だよなぁ」と、しょんぼり肩を落とす雷蔵である。

話によると、腹が減ったと言うお勝に雷蔵は、「なにか食いてぇもんはあるか？」と尋ねたそうだ。だがお勝ときたら、「何年アタシの連れ合いやってんだい。てめぇで考えな」と、不機嫌そうに鼻を鳴らしたという。

「まぁ、お勝ねえさんったら」

お妙は呆れて目を瞬いた。

「まったく、しょうがないですね、あの人は。ちょっと元気になったらもう毒舌ですか」

同じ男同士、只次郎は雷蔵にいたく同情したらしい。おえんのほうに席をずれて、

「まぁどうぞ」と床几を勧める。

お勝に叱られて覇気《はき》のない雷蔵は、素直にそれに従った。

「林様、お勝ねえさんはただ、にいさんに甘えているだけだと思いますよ」

「はぁっ。そんな可愛気《かわいげ》のない甘えかたがあるもんですか」

若い只次郎には、夫婦の機微《きび》というものがまだ分からぬ。さらに言い募《つの》ろうとするのを、雷蔵が手で押し止《とど》めた。

「いや、すまねぇ。あいつがそう言うからにゃ、俺になにか落ち度があるんだ」

珍奇《ちんき》なものを見たとでもいうように、只次郎が目を丸める。

肌をますますいい色に染めて、おえんがからからと笑った。

「相変わらず仲のよろしいこって」

そう、お勝が歯に衣着《きぬ》せぬもの言いをするわりにこの夫婦、めったなことでは喧嘩をしない。雷蔵の回りくどいもの言いに、お勝が一方的に苛《いら》ついていることならよくあるのだが。

「あいつぁ、言葉はきついが間違ったことは言わねぇからよ」

「ええっ、そうですか。私はけっこう、理不尽なことを言われている気がするんですが――」

腑《ふ》に落ちぬ様子の只次郎。この男の場合はからかい甲斐《がい》があるのだからしょうがない。

「とりあえず、お粥《かゆ》でも作りましょう。雷蔵にいさんも、なにか食べてってくださいね」

見世棚の料理もずいぶん捌《さば》けて、見た目が寂しい。お妙はそれを彩《いろど》りよく取り分けて、雷蔵の元に運んでやった。

「あ、私にも同じのを」

そうくると思っていた。只次郎の注文に、心得顔《こころえがお》で頷き返す。

「ちなみに今日のお魚は、鮎です」

ありがたいことに、ちょうど客用の鮎が一人分残っていた。答えは分かっているのに、首を傾げて尋ねてみる。

「召し上がります？」

「いただきます！」

と、只次郎は勢いよく頷いた。

五

踊り串を打ち、遠火でじっくり焼いた鮎である。

小振りなので二尾、炙り直して角皿に盛る。彩りに青楓《あおかえで》を散らし、蓼酢の小皿をちょんと添えた。

「うわぁ、いい焼き色ですねぇ」

「頭からいけますよ」

「そうですか。では」

勧められるままに、只次郎は頭から齧りつく。さくりさくりと嚙むほどに、唇の両端がきゅうっと持ち上がった。

「うっまぁい」

しみじみとした呟《つぶや》きである。

「なんです、この歯触りは。口の中に硬いものがちっとも残りませんよ。鮎ってたいてい、顎《あご》のあたりがごりごりするじゃないですか」

「ええ。ですから、顎から焼くんです」

「なんと！」

亡き良人、善助から教わった焼きかたである。子供のころに故郷の河原で、鮎を突いては焼いて食っていたらしい。

「鮎はなんといっても、丸齧りが一番ですから」

お妙は頬に手を当てて、うふふと笑う。

身の香り高さと骨からにじみ出る旨み、それから皮の香ばしさ。すべてを味わってこその鮎である。

「ああ、蓼酢をちょっとつけても、また旨い。この青臭さが、ワタのほろ苦さと合うんですよねぇ」

そしてもちろん酒にも合う。只次郎は盃をクッと干して、幸せそうに息を吐いた。

それを見て、またもや指をくわえるおえんである。

「いいなぁ。涎《よだれ》が出ちまうよ」

「もうあげませんよ。新しく焼いてもらってください」

これは譲れぬとばかりに只次郎、おえんから皿を遠ざける。

お妙はすまなそうな顔を作り、「すみません」と腰を折った。

「今日の鮎はそれでおしまいなんですよ」

「ええっ、そんなぁ」

「賄い用ならあるんですが」

ただし鮎売りの娘から買った、傷ものである。

だがおえんは「かまうもんか」と、横っ腹を叩いた。

「こちとら給仕のときから鮎の匂いに参ってんだ。ましてやこのお侍さんの、まぁ旨そうに食うこと。まったく我慢がききゃしないよ」

今日のおえんは客というより、助っ人《すけと》だ。ならべつに、賄いを振舞っても差し支えはないだろう。お妙は床几で背中を丸めている雷蔵にも声をかける。

「にいさんも、召し上がりますか？」

「いや、俺ぁいらねぇよ」

まだ落ち込んでいるらしい。先ほど取り分けた料理にも、あまり箸《はし》がつけられていない。

「あの、一つ聞いてもいいですか？」

好奇の虫を抑えきれなかったのだろう。只次郎が雷蔵に話しかける。

「お勝さんとは、どういう馴《な》れ初《そ》めで夫婦になったんです？」

心底分からぬというふうに、首をひねった。

「そんなもん聞いて、どうすんだい」

「ええっと、後学のために」

どうせ面白半分のくせに、真面目《まじめ》くさってそう答える。だが雷蔵は、「なるほど」と得心して頷いた。

「俺が一本立ちしたばかりのころに、大家がな。知り合いの長屋に父親を助けてよく働く娘がいるってんで、会ってみねぇかと言ってきたんだ」

「よく働く？　嘘《うそ》でしょ。あの人ここじゃ、煙草《たばこ》吹かしてるだけですけど」

「いえ、それが本当なんです」

訥々《とつとつ》と語る雷蔵に任せていると、話が長くなりそうだ。仰天する只次郎に、お妙が言い添える。

お勝が江戸に出てきたのは、十二の歳だった。善助と共に父親に連れられて、信濃《しなの》から抜けてきたのである。

かつては藩主の豪遊により領民に重い年貢が課され、大勢の百姓が逃散《ちようさん》したというお国柄だ。また冬場の出稼《でかせ》ぎが多く、江戸に伝手《つて》があったのだろう。

その後父親は駕籠《かご》かきに、善助も間もなく奉公に出て、お勝が家の一切を取り仕切るようになっていた。母を早くに亡くしたせいか、そのころからすでにしっかり者だったという。繕《つくろ》い物や洗い張りの内職に、精を出していたそうだ。

「私の良人も藪入《やぶい》りで帰ったときには、ご馳走《ちそう》をたんまり作ってくれたと言っていましたよ」

「ああ、うちの倅《せがれ》たちのときもそうだった。もっとゆっくり食えだの、音立てて啜るなだの、文句ばっかかつけてたけどな」

昔を思い出し、雷蔵が懐かしげに目を細める。

只次郎がしんみりと、分かったふうなことを呟いた。

「女の人って、歳と共に変わってしまうものなんですねぇ」

「そう？　アタシなんか子供のころからずうっと、だらしがないって言われてるよ」

「ええ、おえんさんはそうでしょう」

「ちょっと。そりゃどういう意味だい」

おえんが笑いながら只次郎の肩を突く。重みがあるものだから只次郎の体はふっ飛ばされそうになり、危うく雷蔵が手を添えた。まるで狂言でも見ているようだ。

「あ、いけない」

七厘にかけておいた土鍋から、粥の噴《ふ》きこぼれる音がする。お妙は慌てて身を翻し、布巾で土鍋の蓋《ふた》を取った。

滋養がつくように、ここに卵を落とそうか。いや、それよりも――。

炙っておいた賄い用の鮎を、土鍋に入れて粥と煮る。

柔らかくなったころに頭を持ち、箸で身をこそげて骨を抜き取った。味をみて軽く塩を振り、身もワタも一緒にざっくりと混ぜる。

「なんです、それは」

顔を上げると、只次郎が調理台越しに覗いていた。旨そうな匂いにつられて来たのだろう。

「鮎粥です。良人が故郷で鮎をよく食べたと言っていたので、ねえさんも懐かしいだろうと思って」

そう話している最中に、なにかが胸に引っかかった。

まるで鮎の小骨のような、些細《ささい》なものだ。それを見極めようとして、はっと目を見開いた。

「そうだ、花梨糖《かりんとう》!」

脈絡のないひと言に、一同ぽかんとこちらを見る。お妙は胸の前で手を組んで、言葉を足した。

「私が風邪で寝込んだとき、良人が花梨糖を買ってきてくれたんです。『死んだおとっつあんがそうしてくれたから』って」

家族三人で江戸に出てきたばかりの、貧しいころだ。病気とはいえ、甘いものを口にできるのはさぞ嬉しかったことだろう。善助の父親だって、無理をしてでも子供たちに食わせてやりたかったはずだ。

花梨糖は花梨を黒砂糖漬けにした菓子で、喉にいい。

「ああ、おとっつあんの顔が思い浮かぶなぁ」と、善助は花梨糖をつまんで目を細めていた。

古い記憶を呼び起こすのは、匂いだという。だが大切な思い出に繋がっている味も、きっと人それぞれにある。

「ちくしょう、それだ！」

雷蔵がぴしゃりと額を打った。

「若ぇころにもあいつが熱を出して、花梨糖が食いてぇって言われたっけ。あちこち探し回って買ってやったのに、ああ、すっかり忘れちまってた」

がっくりとうな垂れて、大げさなくらいしょげ返る。

只次郎が床几に戻り、その背中を興醒《きょうざ》め顔で撫でさすった。

「そんな、何十年も前のことでしょう。普通は忘れてますよ」

「馬鹿だねぇ。女はそういうことを覚えてるもんだよ。嬉しかったんじゃない、お勝さん」

おえんに続き、お妙もふふっと笑みを漏らす。

「ええ、可愛いですよね」

女はずっと昔の良人の仕打ちを、昨日のことのように覚えている。だが悪いことばかりではなく、してくれて嬉しかったことも、ちゃあんと胸に秘めているのだ。

それを雷蔵が覚えていなかったから、お勝は少しばかり拗《す》ねているのだろう。

「俺ちょっと、行ってくらぁ。ありがとよ、お妙ちゃん」

言うが早いか雷蔵は、止める間もなく飛び出して行った。

花梨糖売りは日が暮れてから、大きな提灯《ちょうちん》をぶら下げて売り歩く。探せばきっと、どこかにいることだろう。

「お勝さんのために、なんでそこまで――」

「なにさ、あんたもお妙ちゃんのためなら、ひとっ走りするだろう」

「そりゃあ、お勝さんとお妙さんは違いますから」

「それが違わないんだよ」

線の先には、熱々の土鍋がある。

「違いますよ。月と鼈《すっぽん》よりも違います」

言い合いをする只次郎とおえんを尻目に、お妙は「あらら」と頬に手を当てた。視線の先には、熱々の土鍋がある。

綿入れにでも包んで、冷めないうちに持って行ってもらおうと思ったのに。しょうがない、出来たてよりは味が落ちるが、温め直して食べてもらうか。

「あの、お妙さん」

只次郎が遠慮がちに呼びかけてくる。

お妙は首を傾げて先を促した。

「そのお粥、私がいただいてもいいですか？」

たしかにそうしてもらえれば、あとで作りたてを持って行けるのだが――。

「ですが、この鮎は」

「賄い用でしょ。どうだっていいです。そんなものを見せておいて、食わせないなんて法はないですよ」

気を遣っているのではなく、本当に食いたくてたまらないようだ。

「お願いしますよ」と、手を合わせて頼み込んでくる。

そこまでされては、撥《は》ねつけるのも酷である。粥のお代をもらわなければ済む話だ。

「分かりました。それでは」

「あ、お椀《わん》は二つね」

右手の指を二本突き出し、ちゃっかり尻馬に乗るおえんである。酒で気が大きくなっているのか、もはや肥えることを気にしていないようだ。

折敷に椀を二揃え、土鍋と共に運んで蓋を取る。

湯気が鼻先をそっと濡《ぬ》らした。

甘い米と香り高い鮎の匂い。二人とも我先にと椀によそい、吹き冷ましながら啜り込む。

「うーん」

唸り声が重なった。只次郎もおえんも、天を仰いで顔をくしゃくしゃにしている。

「うまぁい。鮎の出汁が米に染みて、飲み込んだあとの香りまで旨い！」

「はぁ、幸せぇ。ねぇお侍さん、お酒もうちょっと頼んどくれよ。アタシ、これで呑めちまうよ」

「厚かましい人だなぁ。すみませんお妙さん、あと二合ほど」

それでも酒を注文してやるあたり、只次郎も人がいい。おえんに言われてもう少し、飲みたくなったのかもしれぬ。

「置き徳利のお酒が、これでもう終わりですが」

「それじゃ、一升分追加しといてください」

只次郎の徳利は、備前焼《びぜんやき》の人形徳利。へこませた腹のところに布袋《ほてい》様がついている。酒を満たして棚に並べ直していると、またもや戸口に人の立つ気配があった。

「おいコラ、おえん。探しちまったじゃねぇか」

軽く息を弾ませているのは、おえんの亭主だ。

女房とは違い、ちゃんと食わせてもらっているのかと心配になるほどの細身である。目鼻もまた、小筆ですっと引いただけのように細い。

「あっ、ごめぇん。お勝さんが休みでさ、お妙ちゃんを手伝ってたのよ」

一方のおえんは悪びれない。亭主の帰る時刻も忘れて酒を飲んでいたというのに、からからと笑っている。

「べつにいいんだけどよ。お妙ちゃんとこにいるなら、書き置きくらいしといてくれ。心配すんだろ」

「ごめんねぇ。ほら、アンタも座って食べなよ。美味しいよ」

ずいぶん走り回ったようで、おえんの亭主は額に汗を浮かせている。

声を荒らげてもいい場面だが、それより安心が上回ったのか、同席する只次郎に一礼して、勧められるまま床几に座った。

「あっ、この卯の花、一昨日《おととい》うちの晩飯に出たやつじゃねぇか。お前、自分で作ったふりしやがったな」

「えへへへ。いいじゃないの、アタシが作るより美味しいんだからさぁ。あ、お妙ちゃん。あんまりうちの亭主に色目使わないどくれよ」

悋気の強いおえんと一緒になって、悩ましいことも多かろうに。ここもずいぶん仲がいい。

「ふむ。蓼食う虫、か」

食い終わった皿に残った蓼酢を横目に、只次郎がぼそっと呟いた。

立葵

一

植えた覚えのない立葵《たちあおい》が、雨に打たれて揺れている。丈《たけ》の高い花である。梅雨《つゆ》入りするころに下から順に咲きはじめ、梅雨が明けるころには上まですっかり咲き揃《そろ》うという。皐月《さつき》二十日、両国《りょうごく》の川開きまであと八日を残すところとなったが、雨の降り止《や》む気配はない。

薄紅色の花はまだ半ばほど。

縁側の障子《しょうじ》を開けて降りしきる雨を眺めていた林只次郎は、重苦しいため息をついた。

中庭を挟んだ母屋《おもや》から、兄重正の怒声がする。

泣いているのは甥《おい》の乙松であろう。たどたどしく許しを請《こ》うのが聞こえてくる。

「『お許しください』ではない。父の読むあとに続くのだ。ほら、『大學《だいがく》の道は、明徳を明らかにするに在《あ》り』――」

兄も激してきたのだろう。声がいっそう高くなり、一言一句、只次郎のいる離れにまで届く。

読んでいるのは『大學』だ。四書五経《ししょごきょう》は武士が身につけるべき教養とはいえ、乙松はまだ四つ。いくらなんでも早すぎる。

どうにか助けてやりたいが、兄のやりかたに口を挟める身分ではない。男児の教育は父の務め。ゆえに兄嫁のお葉とて、そっと見守ることしかできぬのだろう。

部屋住み惣領《そうりょう》の悲しさで、兄もまた暇なのだ。

五番方でも両番、大番筋の家ならば出仕の機会もあったろうに、小十人筋の林家では望むべくもない。だからこそ道場通いや菜園作りに精を出し、どちらも長雨でままならぬとなれば、嫡男《ちゃくなん》をしごいて鬱憤《うっぷん》を晴らす。

乙松のためにならぬことは火を見るより明らかである。

もっとも只次郎たちの父も、そのときの気分で息子を叱《しか》った。あのころは恐ろしくてたまらなかったが、下級番士の父にとって、理不尽を強いてもいいのは家人くらいのものだったのだと、今なら分かる。

父と兄は、よく似ている。

乙松はいっこうに泣きやまない。この時期は毎年母が、頭が痛いの、節々が軋《きし》むのと言って寝込みがちだ。今朝も奥に床を取ったまま起きてこなかった。

少しは配慮してやってほしいものと、只次郎はもう一度ため息をつく。憂鬱《ゆううつ》なのはこちらも同じだ。

今時分は只次郎にとって、書き入れ時である。差し餌《え》だった鶯《うぐいす》の雛《ひな》が育って、独りで餌《えさ》を食えるようになる。

それが「差し上がる」という状態で、そうなると雛は親から歌を習いはじめるのだ。親の歌の良《よ》し悪《あ》しは、そのまま子に影響するもの。ゆえに名鳥ルリオをつけ親にしようと、江戸中から雛が集まってくる。

今手元に預かっている雛は、全部で六羽。いずれも人伝《ひとづ》てに評判を聞いたらしい新規の客で、羽振りのいい材木問屋から、微禄《びろく》の御家人まで、様々である。

御家人などはおそらくルリオの声を盗み、同じ内職をはじめようと目論んでいるのだろう。

それはべつに構わない。つけ子が親と同じかそれ以上に鳴けるのなら、只次郎とて苦労はないのだ。

めったに現れぬからこその名鳥。まだしばらくはルリオの天下であろう。

実の子でなくとも、雛を前にすると張り切ってしまうようだ。ルリオはさっきから半刻近くも、休むことなく鳴いている。

これ以上は疲れさせてしまうだけだし、聞かせすぎもまたよくない。今日はこれまでと、籠桶《こおけ》についている障子を閉めた。

預かりの雛も一羽ずつ、籠桶に分けて入れてある。餌の減り具合を確かめながら、こちらも障子を閉めてゆく。

只次郎と目が合うと、小声で文句の定まらないぐぜり鳴きをするのが可愛《かわい》らしい。しばらくの間は薄暗い中で、しっかりと歌の復習をしてもらおう。

師が一から十まで教えたところで、上達しないのは人と同じ。けっきょくは見えないところでどれだけ頑張れたかである。

ゆえに雛たちには七日間、朝のうちにルリオの声を半刻だけ聴かせ、次の七日は休みとする。あとはもう五日ほど聴かせてやれば、充分だ。

預かった日にちはまちまちなので、日数を間違わぬよう書きつけておく。

だが雛のほうでも地頭《じあたま》のいい悪いはあるようで、こちらの目算より早く仕上がる者もある。只次郎はまだお目にかかったことがないが、過去にはたった一日で歌を覚えてしまった秀才もいたそうだ。

その一方で、覚えの悪いのもいるわけで——。

預かりの鶯を隔離してしまってから、只次郎は最後の籠桶に向き合った。

中の雛がつぶらな瞳《ひとみ》を動かして、ピイピイと鳴く。ルリオの後継にと、只次郎が鳥屋で求めてきた一羽である。

「ピイピイじゃないだろ。『ホケ』とか『ケキョ』とか、言ってごらん」

鶯の雛を飼うときは、生まれてから七日ほどのものがよいとされる。そのくらいだと、他の鶯の声を覚えているおそれがないからだ。

だからこの雛が家に来たばかりのころはごく小さくて、只次郎が毎日差し餌をしてここまで育てた。

そのせいで甘ったれになったのだろうか。ルリオの声を聴かせるようになって十七日目というのに、ピイピイと鳴くばかり。ちっとも歌を覚えようとしない。

だが赤裸の雛だったころから育てたのは、ルリオも同じである。もしや体の調子でも悪いのかと案じたが、大きさは他の雛と比べても遜色《そんしょく》がない。餌もよく食べていた。

たんに馬鹿なのか、それとも大器晩成型なのか。

願わくば後者であってほしいものだ。

ルリオが人と同じくらい生きられるのなら焦りはしないが、儚《はかな》い小鳥の命である。

この美声を次の世代に引き継ぐことができなければ、只次郎の鶯商いもおしまいだ。

「頼むよ、メノウ」

ルリオにあやかってつけた名が、自分のものと分かっているのか。只次郎に声をかけられて、雛はいっそう大きく「ピイ！」と鳴いた。

二

「叔父上《おじうえ》、おられますか！」

そう尋ねる声と共に、縁側の障子が無遠慮に開く。こんな現れかたをする者は、一人しかいない。

振り返るまでもなく、姪《めい》のお栄である。

雨が強くなってきたので、障子を閉めたばかりであった。すり餌を作り直していた只次郎は、やれやれと額に手を当てる。

「障子や襖《ふすま》はいきなり開けてはいけないよと、あれほど——」

「それは失礼いたしました」

お栄とて武士の子だ。六つにもなれば障子の開け閉《た》ての作法くらい、お葉にしっかり仕込まれている。現に母屋ではできているのだから、これは只次郎が見くびられているか、もしくは甘えているのだろう。

口で注意はするものの、子供が子供らしくあるのは嫌いではない。そんな本音まで読まれている気がするあたり、女の子はしたたかである。

「ところで今は、お暇ですか」

「見てのとおり、手が塞《ふさ》がってるよ」

「草双紙《くさぞうし》を読んでくださいませ」

「おや、暇ではないと言ったつもりなんだけどな」

お栄が差し出してきたのは、只次郎が子供のころから家にある赤本《あかほん》である。その名のとおり真っ赤な表紙で、『さるかに合戦』という題字が躍っていた。

只次郎は擂粉木《すりこぎ》を握る手を止めずに尋ねる。

「さっき、乙松が叱られていたようだけど?」

追い返される気配がないのを悟ったのだろう、お栄が傍《かたわ》らにちょこんと座った。

「あれは乙松もいけないのです。ようやっと仮名文字を覚えたばかりというのに、なんでも読めると大言したものですから」

「なるほど、それで『大學』ねぇ」

だとしても、兄はむきになりすぎだ。先ほどくぐり戸の開閉する音が聞こえたが、おそらくこの雨の中、気晴らしに道場にでも出かけたのだろう。

「栄にも教えてくださいと申しましたら、『お前は赤本でも読んでおけ』と叱られました。面白うござりませぬ」

そしてお栄もまた気散《きさん》じに、この離れへとやってきたのだ。家によっては女子でも四書くらい仕込むことがあるようだが、兄は必要ないと考えているらしい。

「ですから叔父上、面白可笑《おか》しゅう読んでくださいませ」

「分かった、分かった。餌やりを手伝ってくれたらね」

役割を与えてやると、俄《にわか》に張り切るお栄である。万一に備えて障子や襖が閉っていることをたしかめてから、それぞれの籠桶から餌猪口《えさちょこ》を集めてもらった。

中身がまだ残っていても、餌の傷《いた》みが気になる時期だ。すっかり入れ替えて籠桶に戻す。

すべて終えるころには、お栄の機嫌も少しは上向いたようである。赤本を手に、只次郎の膝《ひざ》にすとんと座った。

さるかに合戦。言わずと知れた仇討《あだう》ち譚《たん》だが、書物によって小蟹《こがに》に助太刀する顔ぶれは変わるようだ。この赤本では卵、包丁、箸《はし》、蜂《はち》、蛇《へび》、杵《きね》、布、臼《うす》、蛸《たこ》である。

お栄はお伽噺《とぎばなし》の中でこれが一番好きらしい。猿が臼に押しつぶされるくだりで、絵を見てキャッキャッと笑った。

この、とどめを刺すところがなにより面白いのはよく分かる。臼にどぉんと乗られては、そりゃあひとたまりもないだろう。しかも相手は猿という名の巨悪である。

「これを、取るに足りぬ者たちがやるからよいのです」

というお栄の読みは、なかなか深い。ひとしきり笑ったあと、首だけで振り返って、こう尋ねた。

「でもなぜ猿は、蟹との約束を守ってやらなかったのですか。正直であれば、みなと仲良く暮らせたものを」

黒く澄んだ瞳が、キラキラと輝いている。なんの穢《けが》れもない眩《まぶ》しさだ。

只次郎は少し考えてから、その頭に手を置いた。

「猿は、頭がいいだろう。それにすばしっこくて強い」

お栄の頤《おとがい》がこくりと上下する。只次郎も頷《うなず》いて先を続けた。

「そういう奴は得てして、自分より弱い者を踏みにじっても平気と思っているんだよ。自分のためだけに働くのが悪知恵、人のためを思うのが知恵。お栄が身につけねばならないのはどっちだと思う？」

「知恵でございます！」

「そうだね。悪知恵はいずれ身を亡《ほろ》ぼす。そういう話だよ」

「愚かですねぇ」

そう言ってお栄はしみじみと首を振る。歳《とし》に似合わぬ仕草が微笑《ほほえ》ましい。

只次郎の口元に、じわりと笑みが広がった。この家で最も気が合うのは、まだ幼いこの姪かもしれぬ。

先ほどからにわかに表門のあたりが騒がしくなってきた。どうやら門扉が開いたようである。

家族や使用人ならば、くぐり戸を使うのが常識だ。門扉を開けるのは来客か、当主の出入りくらいのもの。

他出していた父が戻ったのである。

「只次郎、開けるぞ」

野太い声がして障子が引かれた。平服に着替えた父が、縁側に立っている。

前もって下男の亀吉《かめきち》が「間もなく殿がこちらに」と知らせてくれたお陰で、さほどの驚きはない。お栄も母屋に帰しておいた。

「父上、お帰りなさいませ」

軽く畳に手をつき、只次郎は下座に退く。

空いたところに父がどかりと座った。

四十半ばの男の顔は、岩のように荒々しい。外ではどうだか知らないが、家にいるときは面白くもなさそうに、目は半眼に開いたまま。籠桶だらけの室内を、ジロリと眺め回して言った。

「鳥臭い」

「ええ、ですから呼んでくだされば私から伺いましたのに。どうされました?」

お栄がいたときの和《なご》やかさが、霧のように消し飛んでゆく。

この父に相対するのは気詰まりだ。だが「恐ろしい」とは、父の背を越したあたりから不思議と思わぬようになった。

「お主の物言いは、揉《も》み手《で》ですり寄ってくる商人のようだな」

用件があるなら早く言えばいいものを、父は忌々《いまいま》しげに眉《まゆ》を寄せる。

気に食わぬことでもあったのか、今日はいつもより当たりがきつい。只次郎は顔に貼《は》りつけていた笑みを引っ込め、真面目《まじめ》を装うことにする。

「高山《たかやま》様の婿《むこ》が、山崎《やまざき》殿の次男坊に決まったぞ」

「はぁ」

出し抜けにそう言われ、目を瞬《しばたた》いた。

高山様は父の上役の小十人組頭。さらに上役の佐々木《ささき》様から、只次郎を婿に推してやってもいいと持ちかけられたことがある。

父は本日非番のはずだが、佐々木様の屋敷に呼ばれていたそうだ。そこで聞かされてきたのだろう。

「そうですか、山崎が。それはめでたい」

只次郎は友人の、疱瘡《ほうそう》の痕《あと》が残った顔を思い浮かべる。

山崎家は二百石の大番筋。お互い次男坊で同じ私塾、歳も同じということで、かつてはよくつるんでいた。只次郎が鶯に没頭するようになってからは疎遠だが、高山様の家は禄高《ろくだか》三百石。その娘婿とは、目をかけられたものである。

「なにを喜んでおる。悔しくはないのか、只次郎」

懐《ふところ》から取り出した扇で、父がぴしゃりと畳を打つ。息子に持ちかけられていたいい話が、その友人に回ったのだ。悔しがっているのは父なのだろう。

「とはいえ、その話をお断りしたのは私ですから」

ゆえにこちらは未練もない。だが父は長息《ちょうそく》し、うなだれた。

「儂《わし》にはお主がなにを考えているのか、さっぱり分からん」

そうでしょうね、と只次郎は内心頷いた。林家の家計を支えている鶯たちを、「鳥臭い」と断じてしまえる父である。兄とは違い、これが金になるということは分かっていても、商いなど卑《いや》しき所業と思い定めている。

「お主、剣術はからっきしだが、学問はそれなりにできたではないか」

父が嘆《なげ》くのも無理からぬこと。只次郎は私塾でも一、二を争う優れ者であった。

ぼんやりしていても家督を継げる長男とは違い、武家の次、三男は養子先が見つからぬかぎり、一生部屋住みのままである。少しでもいい縁組が来るようにと、武芸学問に熱が入るのは当然のこと。只次郎とて例外ではなかったのだ。

これからは武芸より学問、それも儒学だけではなく算術が肝《きも》と見込んで、熱心に取り組んでいた。だがルリオを拾い、大店《おおだな》の主たちと交わるようになってから、武士の世以外が見えてしまった。

武士が自ら作った枠組みの中で溺《おぼ》れかけているのに対し、商人たちは時に枠組みを破りながら、自由に泳ぎ回っているように思えた。

この先おそらく商業は、もっと大きくなるだろう。だが商いを低く見ている武士にはそれが分からぬ。いや、分かっていたのはもはや失脚した田沼主殿頭、ただお一人だったのかもしれない。

只次郎が黙っていると、父はもう一度嘆息して、手にした扇を懐に戻した。

昔なら「なんとか言わぬか」と、それを只次郎に投げつけるくらいのことはしたであろうに。どうやら父は、次男に期待しても無駄と思いはじめているらしい。只次郎の手ごたえのなさが、そういった諦《あきら》めを生むのだろう。

「もうよい。埒《らち》が明かぬ」

そう言い捨てて、立ち上がる。それから思い出したようにつけ加えた。

「ああ、そうだ。『進物にするゆえ声のいい鶯を二羽ほど育てよ』と、佐々木様が仰せであった」

「ええっ！」

高山様の婿取りよりも、只次郎にとってはそちらのほうがはるかに大事である。そのまま去ろうとする父を呼び止めた。

「雛から育てよと、そう仰《おつしや》ったのですね」

「いかにも」

やれやれと、只次郎は秘《ひそ》かに我が身を嘆く。

佐々木様からはけっきょく、鶯の鳴きつけの謝礼をもらっていない。またもやただ働きかと、事を起こす前からやり切れなさが募ってくる。

ふと思いついて尋ねてみた。

「父上、他に佐々木様から頼まれていることはございませんか?」

半眼のまま父が振り返る。只次郎はその顔を注視する。

「他にはなにも」

そう答えたとたん、左の瞼《まぶた》がひくりと揺れた。

父が嘘《うそ》をつくときの癖である。

三

カナリア、文鳥、駒鳥《こまどり》に目白《めじろ》、金鳩《きんばと》、四十雀《しじゅうから》、それに緋《ひ》インコ——。

籠の鳥は色とりどりに、それぞれの囀《さえず》りを聞かせている。小鳥とはいえよくもまぁ、こんなにも色、柄、形、様々に取り揃えたものである。

加賀《かが》権中将《ごんのちゅうじょう》殿の上屋敷にほど近い、本郷《ほんごう》一丁目の鳥屋である。雨が小降りになったので、佐々木様の仰せのままに、鶯の雛を探しに来た次第であった。

柔らかな玉子色が美しいカナリアを愛《め》でながら、それにしてもと只次郎は首を傾《かし》げる。先ほどの、父の瞼の動きが気になっていた。

佐々木様の頼み事云々《うんぬん》については、確信があったわけではない。ただ又三がいっこうに捕まらず、それでいてお妙の妾奉公《めかけ》の話がどこからも持ち上がらない今、では父が亀吉にお妙の身辺を探らせていたのは何故《なにゆえ》かと、少し前から考えを巡らせていたのである。

もしも又三の依頼主と同じ人物が関わっているとすれば、父と又三、どちらにも面識があるのは只次郎の知るかぎり、佐々木様しかいなかった。そこで鎌《かま》をかけてみたのだが——。

妾奉公を望んでいるのは、やはり佐々木様なのだろうか。

いや、そう断ずるのは早合点というものだろう。父にはもっと別の、人に洩《も》らせぬ頼み事があったのかもしれない。

ならば只次郎自らが、佐々木様に探りを入れるしかなさそうだ。そのためには声のいい鶯を養育して、屋敷に赴《おもむ》かねばならぬ。

目的ができたおかげで、ただ働きにもやる気が出てきた。

「林様、いつもありがとうございます。今日も鶯をお探しで？」

他の客の相手をしていた店主がそちらを雇い人に任せ、腰を低くしてすり寄ってくる。鳩のように、真ん丸な目をした男である。

「ああ、よさそうな雛はあるかい？」

「もちろん。昨日入ったところでございます」

店主はそう言って、奥から蓋《ふた》つきのふごを出してきた。藁《わら》で編んだ、ご飯のお鉢を入れておくお鉢入れのようなものである。

違うのは蓋に丸い穴が開いており、蚊帳《かや》の切《き》れっ端《ぱし》を貼《は》ってあるところくらい。風通しをよくするための工夫である。

蓋を取ると産毛《うぶげ》が生え揃ったばかりの雛が、いっせいに口を開けてピイピイと鳴いた。

全部で五羽。武蔵野《むさしの》の産だという。

予備の一羽を含めて元気のいいのを三羽、買い求めることにした。代金を支払い、家から持ってきたふごに移し替える。

「そういえば、先日買った雛がちっとも鳴いてくれないんですが」

ここの主人とはルリオを拾ってからのつき合いである。

鶯の飼育のしかた、餌の配合とその調整、爪《つめ》の切りかたに至るまで、丁寧に教えてもらった。餌となる鮒粉《ふなこ》もここで買っている。

「はぁ、覚えの悪いのもおりますからねぇ。翌春つけ直すと、急にいい声で鳴いたりしますよ」

「そうですか。焦らずじっくりつき合ってみますよ」

　そのとき壁一枚挟んだ隣から、「コケーッ！」という断末魔の叫びが聞こえてきた。同じ主人が営む、〆鳥屋《しめどり》だ。

　小鳥たちにとって、すぐ隣に血抜きされたかしわや青首《あおくび》（鴨《かも》）が吊《つ》り下がっているのは酷なことかもしれないが、飼い鳥屋も〆鳥屋も、呼び名は「鳥屋」。江戸市中に於《お》いて鳥屋は数が制限されており、ここの主人のように両方営む者もいる。

「ふむ、〆鳥か」と、只次郎は顎を撫《な》でた。


　相変わらず小雨がぱらついている。

　只次郎は笠《かさ》を被《かぶ》り、ふごを袖《そで》で覆って濡《ぬ》れぬようにしながら神田川沿いをゆく。道中すれ違う人がみな、その手にぶら下げているものを見てぎょっとしたように振り返っていった。

　目当ての店にさしかかると、出汁《だし》のいい香りが表にまで漂っている。開け放した戸口に身を寄せて、そっと中を覗《のぞ》き込んだ。

　このところお妙の美貌《びぼう》が魚河岸《うおがし》一帯で評判になって、日によっては入れぬほど混んでいる。中には無体を働こうという輩《やから》もいるようだが、お勝が片っ端から追い返しているようだ。お勝大明神様と、手を合わせたい気分である。

「なにをコソコソしてんだい」

目の前にぬっと、大明神様のありがたいご尊顔《そんがん》が突き出された。あまりにも人間離れしすぎており、只次郎は「わっ！」と叫んで反り返る。

「ああ、嫌だ。ついに覗きに目覚めちまったのかい」

「ちょっと、人を変人扱いしないでくださいよ」

お勝がからかってくるのは毎度のこと。只次郎もいちいち律儀に慌てて見せる。

『ぜんや』らしい光景である。

お妙が調理場から顔を覗かせると、只次郎はたちまち笑み崩れた。

「あら、おいでなさいまし。早く入って。肩が濡れてしまいますから」

鬱陶《うっとう》しい季節ではあるが、お妙の肌は湿気を帯びて、ますます艶《つや》めいているようだ。衣替えで着物が帷子《かたびら》になったせいもあり、軽やかさまで感じられた。

「今日は、空いているんですね」

笠を取りながら店に入る。客は床几《しょうぎ》にひと組、魚河岸風の男たちがいるだけだ。すでに締めの飯に入っており、あまり長居はせぬだろう。

「ええ、雨続きですから」

「まったく、大工泣かせだよ」

良人《おっと》が大工だけに、お勝は深々と息を吐いた。

雨の日はどこも、ぐっと人足《ひとあし》が減る。大工だけでなく、商家や飯屋もあがったりだ。

思い返せばこのところ『ぜんや』が混んでいたのは、梅雨のわずかな晴れ間である。

「実はこの雨で母が、節々《ふしぶし》や頭が痛むと言って寝込んでおりまして」

「あら、それはお気の毒に」

「ええ、ですからひとつ、お願いがあるんです」

そう言って只次郎は、後ろ手に隠していたものを突き出した。

「これでひとつ、滋養のある料理を作っていただけませんか」

二本の足を藁縄《わらなわ》で束ねられ、それはだらりと垂れ下がっている。

お妙は口元に両手を当てて、目を丸くした。

「まぁ、夏鴨」

羽を鳥屋でむしってもらい、丸裸になった鴨である。

日々鬱々《うつうつ》と過ごす母に精をつけてやりたいが、家の下女に任せてもせいぜい煮るくらいしか能がない。できれば旨《うま》いものを食わせてやりたいと、お妙を頼ってきたのである。

「なんだい、手間をかけさせるねぇ」

「ですから、忙しそうなら諦めて帰ろうと」

「それで覗きをしてたわけかい」

とはいえお勝の言うとおり、余計な手間であることは間違いない。お妙にやっかいな奴と思われては困ると、只次郎は急に及び腰になった。

「あの、できればでいいんです。無理ならそう言ってくだされば――」

「え、なんですか？」

ところがお妙は只次郎のもごもごとした弁解をよそに、鴨を受け取らんとすでに両手を差し出している。その頰《ほお》は嬉《うれ》しそうに盛り上がっていた。

「素敵ですね、鴨。脂《あぶら》がたっぷり乗った冬はもちろん、今ごろはたくさん動いてますから、肉の質がいいんですよねぇ」

どうやらめったに扱わない食材を料理できるのが嬉しいらしい。頭の中ではすでに、なにを作ろうかと考えを巡らせていることだろう。

「御母堂様、胸やお腹《なか》が悪いわけではないのですよね？」

「ええ、どうも気鬱からきているようで」

「かしこまりました。精のつくものを作らせていただきましょう」

ぐったりと縊《くび》れ死んだ鴨である。人によっては気味が悪いと思うだろうに、お妙は平気で手にすると、いそいそと調理台の向こうに身を翻した。

お妙は意外に豪気《ごうき》であった。

鴨の皮目に残った細かな羽を火で焼くと、ワタがすでに抜かれているのを確かめて、迷いなく包丁を入れた。骨に沿って胸肉を剝《は》がし、それから足と手羽を持って節骨をねじり切る。

実に見事な手際である。一羽の鴨はあっという間に各部位に分かれ、肉となった。それをお妙は眉ひとつ動かさずにやってのけたのである。

只次郎はといえば、胸を開いたあたりからもう見ておられず、魚河岸の男たちが去った後の床几に下がった。

お勝もあとについて来て、馬鹿にしたように鼻を鳴らす。

「お侍さんのくせに、なにびびってんだい。情けないねぇ」

「そう言うお勝さんこそもしかして、ああいう生々しいのが苦手なんじゃないですか？　顔が引きつってますけれど」

どっちもどっち。お妙にふふっと笑われた。

「すみません、しばらく手が離せませんから、なにかつまみながら待っててください」

間もなく昼九つ半（午後一時）というところ。昼餉《ひるげ》がまだだから腹は減っている。だが酒が入るとついつい刻《とき》を忘れてしまう。

お菜を少しだけつまむことにして、只次郎は見世棚の料理を物色した。これまでに見たことのない料理がいくつかある。お勝に言って取り分けてもらった。

蓴菜《じゅんさい》の酢醤油和《すじょうゆあ》えに、厚揚げの実山椒煮《みざんしょうに》、それからそら豆と桜海老《さくらえび》の卵とじ。それぞれひと口ずつ食べてみる。

蓴菜はつるりとした喉《のど》ごし。鰹《かつお》出汁がよく染《し》みた厚揚げは、山椒が効いて後味すっきりと。青っぽさを残すそら豆は卵でまろやかに包まれて、桜海老の出汁が風味を出している。

ああ、なぜお妙の料理はこんなにも、酒が欲しくなるのだろう。

「お勝さん、一合だけ酒をつけてくれますか」

「はいはい、二合半《こなから》ね」

お勝のほうではどうせ一合で済まぬと分かっている。多めに見積もられて只次郎は、

「無理押しだなぁ」と苦笑いした。

「ところで、さっきからピイピイ言ってるそれはなんだい」

お勝が傍らに置いたふごに目を留めた。蓋を開けなければ大人しいが、時折ピイと甲高く鳴く。

「鶯の雛ですよ。鳥屋で買ってきたんです」

蓋を取ると三羽の雛が、待ってましたとばかりに口を開ける。床几になにかが降り立つ気配がして、振り返ればもの欲しげな白猫である。

「わっ、いたんだ。駄目だよこれは、餌じゃないんだ」

お妙が魚の切れっ端をやるせいで、しょっちゅう出入りするようになってしまった猫である。近ごろは食うものを食ってもすぐには去らず、店の片隅で香箱《こうばこ》を作っていることがある。

大事な雛を傷つけられてはかなわぬと、只次郎はただちに蓋を元に戻した。

「へぇ。もうこんなころから歌を教えるのかい」

「いいえ。もう少し大きくなって、知能がついてからですね」

この段階ではまだ、乙松に『大學』を仕込もうとするのと大差ない。ものを教えるにも、ちょうどいい時期というのがあるものだ。

「もっとも、いい時分になってもちっとも鳴いてくれない鶯に、手こずらされているところなんですが」

このごろは毎日メノウの心配ばかり。馬鹿な子ほど可愛いとはいうが、これだけ悩まされると、そりゃあ片時も忘れられない。

「鳥にも持って生まれた資質ってもんがあるわけだ」

「そこは人と同じですよ。親から受け継ぐこともありますし」

「アンタ、資質は悪くないんだけどねぇ」

「残念そうに言わないでもらえます？」

軽口を叩《たた》いているうちに、ちろりが温まったようだ。酒は夏でも燗《かん》にかぎる。お勝が運んできた酒を、手酌で一杯。甘露に例えられるだけあって、体の隅々まで染みわたる。

余韻が消えぬうちに、厚揚げをもうひと口。素朴だが、いつまでも味わっていたいと思わせる組み合わせであった。

「ねえさん、ちょっと。土手から韮《にら》を取ってきてくれない？」

調理台の向こうから、お妙が手を止めずに呼びかけてくる。

「どのくらいだい？」

「このくらい」

そう言って人差し指と親指で輪っかを作った。

韮は一度植えると手をかけなくても、何度だって生えてくる。怠《なま》け者にも育てられるということで、怠け草の異名があった。おそらく神田川の土手に植えてあるのだろう。

しかし韮は野菜というよりも、薬草である。林家の庭先にも少しばかり生えており、腹具合の悪いときは雑炊《ぞうすい》か、味噌汁《みそしる》にする。

さっき母上の腹の調子は悪くないと、伝えた気がするのだが——。

なにに使うのだろうかと、只次郎は首を傾《かし》げた。


「おや。ずいぶん、いい匂《にお》いがしますねぇ」

お妙が料理に取りかかり、半刻ばかりが過ぎたころ。大伝馬町菱屋のご隠居が、鼻をひくつかせながら入ってきた。

「よかった、今日はゆっくりできそうだ」

「ご隠居さん、先日はすみませんでした」

「なんのなんの、繁盛《はんじょう》するのはいいことですよ」

ご隠居は数日前に来店したものの、人の多さに辟易《へきえき》して帰ったらしい。

自分たちの憩いの場が荒らされるのは困りものだが、店としてはもちろん繁盛したほうがいいわけで、そのあたりの葛藤《かっとう》は只次郎も同じである。

「さて、このこってりとした匂いはなにかかな」

小上がりに落ち着いて先に酒を注文してから、ご隠居は思案顔で顎をしごく。忙しいお妙の代わりに、只次郎が答えた。

「鴨です。母の具合がよくないので、お妙さんに頼んで料理してもらっているところでして」

「ほほう、鴨」

鴨のように肉の脂の濃いものは、そろそろ受けつけぬ歳だろうに、健啖《けんたん》なるこの老人は嬉しげに目を輝かせた。

「しかし御母堂の見舞いとあれば、ご相伴にあずかるわけには参りませんねぇ」

実に残念そうである。だが少しばかり味見をさせろと言っているように聞こえるのは気のせいだろうか。只次郎は自分の折敷《おしき》を持って小上がりへ移動しながら、肩をすくめた。

「いいですよ。丸ごと一羽分ありますから、少しここで食べて行きましょう」

「おやそれは、催促したみたいで悪いですねぇ」

言葉とは裏腹に、悪びれた様子などまるでないご隠居である。

「もうすぐできますから、取り分けてお持ちしますね」

ふわりと立ち上る湯気の向こうから、お妙の朗らかな声がした。


さて、鴨づくしの膳《ぜん》である。

運ばれてきた折敷の上には椀《わん》ものと、炭火で炙《あぶ》ったもも肉の薄切り、白瓜《しろうり》と胸肉の炊《た》き合わせ、それから韮の炒《いた》め物が載っていた。

「これはなんとも旨そうな」

ご隠居がさっそく舌なめずりをして箸を取る。只次郎は目を瞬いた。

「韮、炒めたんですね」

「はい。一番精のつきそうな、肝、心臓、砂嚢《すなずり》（砂肝）、肺と合わせてみました」

「つまり、臓物《ぞうもつ》ですか」

「ええ。美味《おい》しいですよ」

お妙はいつもどおり、やんわりと微笑んでいる。

「それに韮には『温中理気』といって、胃腸を温めて気の巡りをよくする働きがあります。肩こりや腰痛、頭痛にもいいそうですよ」

なるほど、母の容態をよく考えて作ってくれたようだ。お妙の父は医者だったというから、薬草のことも少しはかじっているのだろう。

「なんです、血腥《ちなまぐさ》いのは苦手ですか？」

「まさか。これでも一応、武士の端《はし》くれですよ」

ご隠居に横槍《よこやり》を入れられて、只次郎は強がった。魚のワタと同じと思えば、なんてことはない。自らにそう言い聞かす。

「美味しそうだなぁ。頂戴《ちょうだい》しまぁす」

そう言うわりに、箸でつまむ量は少ない。だが口に入れたとたん、目が驚きに見開かれた。

「あれ、うまぁい！」

この時期の韮は、蕾《つぼみ》のついた花韮である。匂いはさほどきつくなく、ほんのりとした甘みがあった。それに、これは砂嚢だろうか。こりこりした食感がやけに合う。味つけは素直に塩だけだが、胡麻油《ごまあぶら》がよく馴染《なじ》んでいる。

「ふむ。私が食べたのは肺かな。ふわふわして、旨いもんだ。はじめて食べましたよ」

ご隠居もまた唸《うな》っている。臓物といっても部位によって、味も食感も違うようだ。

心臓は弾力があり、肝は口の中でほろほろとほぐれた。

「御母堂様にはできればこれを一番に食べていただきたいのですが、苦手かもしれないので他に口当たりのいいものを」

そう言ってお妙は指を揃え、炊き合わせの鉢を指し示す。

「夏鴨と茄子《なす》の煮物はよくありますが、初茄子はまだ高いので、代わりに白瓜を」

白瓜といえば子供のころ、お八つに浅漬けにしたものがよく出てきた。真桑瓜《まくわうり》のように甘みのあるものではないから、ちっとも嬉しくなかった覚えがある。

「白瓜は気鬱、気滞《きたい》に効き目があるといいますが、体を冷やすので温かく煮てみました」

「へぇ。漬物や酢の物でしか食べたことがありませんね」

「あとは、薄切りにして味噌汁の実といったところですかね」

只次郎もご隠居も、口々に呟《つぶや》きながら鉢を手に取る。漬物だと歯ごたえのいい白瓜だが、煮たものには箸がスッと入った。

「ああっ、とろける！」

口に入れると、たとえ歯がなくとも嚙《か》み切れるほどの柔らかさ。鴨の濃厚な出汁がじゅわじゅわとにじみ出て、最後に瓜特有の青臭さとほろ苦さがわずかに残る。それゆえ決してしつこくはない。

「鴨肉も、表面に葛粉《くずこ》をはたいてから煮てあるんですね。だからつるりと口に入る」

ご隠居も目を細め、もっちりとした胸肉を噛んでいる。

鴨は火を通しすぎると硬くなるが、さすがに煮加減を心得ていた。葛が周りを包んでいるため旨みが逃げず、嚙むごとに唸りたくなる味である。

「あ、いけない。これを忘れていました」

なにを思い出したかお妙が調理場に取って返し、小皿を手に戻ってくる。

摺《す》り下ろした山葵《わさび》であった。

「くう〜っ！」

もはや本当に唸るしかない。山葵をちょっとつけただけで、鴨の脂が爽《さわ》やかになる。

これならたとえ食欲がなくても食えてしまいそうだ。

「さて、では焼き物に行く前に、椀物を」

ご隠居はこの鴨づくしをずいぶん楽しんでいるらしい。うきうきと椀物の蓋を取る。

澄んだ汁に浮いているのは、肉の団子と焼き目のついた根深葱《ねぶかねぎ》。その上に針生姜《はりしょうが》がちょこんと載っている。

「やっぱり鴨には葱ですよね」

お妙が嬉しそうに手を叩く。

　鴨肉には血を作る働きがあり、葱はその手助けをするのだという。鴨葱と言うだけあって、好相性の組み合わせである。

　そんな説明がまだ終わらぬうちに、只次郎は椀に口をつけた。脂の小さな玉が浮き、黄金色に光る汁。大人しく待ってなどいられない。

「ああ、染みるぅ」

　鴨のガラから取った出汁だ。味つけはこれまた塩のみ。けれどもコクが強いので、控え目なくらいがちょうどいい。

　ふた口、三口と啜《すす》るうちに、手指の先までぽかぽかと温まってきた。

「団子もどっしりとした味わいですね。少しコリコリするようですが」

「首肉を骨ごと叩いて、擂鉢《すりばち》であたりましたので」

　どうりで肉汁たっぷりなはずである。

　あのだらりとした首の肉まで、これほど美味しく様変わりしてしまうとは。一羽をまさに、余すところなく食いつくさんとしている。

「いやはや、極楽です」

　ご隠居が目を瞑《つぶ》り、にんまりと笑った。

ここでひとまず盃《さかずき》を取って、ひと休み。あまりの旨さに酒を飲むことも忘れていた。口の中に残った脂と旨みが、すっきりと洗い流されてゆく。しかし香りだけはほわりと残り、天にも昇る心地である。

「では、いよいよ」

もも肉の焼き物を見るご隠居の目は、ぎらりと光ってまるで好色爺《こうしょくじじい》である。

冬の鴨に比べて、脂の層はたしかに薄い。だがよく締まった赤身はつやつやと照り輝いている。

これが旨くないはずがない。覚悟をして口に入れたつもりが、甘かった。

只次郎はじっとうつむく。もはや声すら出ず、ただただ首を振るばかり。

ご隠居もまた顔の具を真ん中に寄せて、今にも泣きだしそうな表情である。

「お口に合いませんでしたか？」

「とんでもない！」

勢いよく顔を上げた只次郎に、お妙はほっと頰を緩めた。

「滋養の塊《かたまり》みたいに旨いです。赤身から肉汁がどんどん溢《あふ》れてきて」

「それに皮目の香ばしさ。表面になにか塗ってあります？」

「ええ、葱油を」

細かく切った葱を胡麻油でじっくり揚げて漉《こ》したものを、炙る際に塗ったという。どうりで風味がいいはずだ。

「焼く前にお出汁と醬油で煮てありますが、味が足りなければこれを」

そう言ってお妙が差し出したのは、練り辛子《がらし》。

味が足りないわけではない。むしろ充分すぎるくらいだが、辛子がさらに味をまとめるであろうことは、容易に想像がつく。

「ああもう、どれだけ――」

辛子を試した只次郎は、天を仰いだまま絶句した。

ご隠居はなにも言わずに箸を置く。ゆっくりと嚙みしめて飲み込んでから、両手のひらを打ち鳴らした。

「いやはや、お見事。旨いだけでなく御母堂への思いやりが感じられて、お妙さんらしい鴨づくしでした」

「本当に、ありがとうございます。お妙さんに頼んでよかった」

只次郎も慌てて頭を下げる。お妙の料理がなぜ旨いのか、分かった気がした。

それは食べる人のことを、いつも第一に考えているからだ。鴨づくしを待っている間に食った料理にしても、雨続きの鬱陶しさに清涼を呼ぼうという工夫が感じられた。

「でもさ、御母堂の口に合うかねぇ。アタシくらいの歳になりゃ、鴨なんてものはちょっとお腹が苦しい気がするけどね」

床几に寄りかかって二人が食うのを見ていたお勝が、煙草盆《たばこぼん》を引き寄せながら苦言を呈す。

只次郎は首をひねった。お勝のたしかな歳は知らないが、でもおそらく――。

「大丈夫じゃないですか。たぶん母は、お勝さんよりひと回りは若いですし」

他意があったわけではない。だがお勝はなにも言わず煙管《きせる》に火を入れ、やけに長く煙を吐いた。

「やんなるねぇ。アンタ、出入り禁止にしちまうよ」

「ええっ。なんでですか！」

慌てふためく只次郎。女の歳の話には、立ち入らぬが吉である。

ご隠居は笑いを嚙み殺し、話の流れを変えてやろうと思ったか、只次郎の膝先に目をやった。

「それは、今年の雛ですか」

さすがは鶯飼い。この藁細工が雛を入れておくふごだと分かっている。

「ええ。人様に頼まれた分ですよ」

空いた皿を下げようとしていたお妙が、「ああ、そうだ」と顔を上げた。

「さっき、料理をしながら林様のお話が聞こえて、不思議に思っていたんですけど」

遠慮がちに、そこでいったん言葉を切る。言おうか言うまいか迷っている仕草がたおやかで、只次郎は鼻の下を伸ばして先を促す。

「なんですか？」

するとお妙は無知を恥じるようにはにかみながら、こう言った。

「鶯というのは雄《おす》と雌《めす》、どちらも歌を覚えるものなのですか？」

四

運のいいことに仲御徒町《なかおかちまち》の拝領屋敷に戻ってから、雨足が急に強くなってきた。さほど濡れずに済んだのは、日ごろの行いがいいせいだ。と、思いたい。

サアサアと降る雨音を背後に聞きながら、只次郎は奥の間の手前で膝をつき、持っていた折敷を床に置いた。

「母上、只次郎にございます。よろしいですか」

眠っているならば、後にしようと思っていた。だが襖越しに微《かす》かながら応《いら》えがあった。

「どうぞ」

襖を開けて、まずは身ひとつで中に入る。母は床に身を横たえたまま、首だけで只次郎を振り返った。

兄嫁のお葉によると、朝は粥を少し、昼は「食べとうない」のひとことで、なにも口にしていないという。そのせいか顔に生気がない。血が上手く巡っていないのだろう。

「母上、腹は空きませぬか？」

そう尋ねると、興味がなさそうにふいと上を向いてしまった。

「生憎《あいにく》」

素っ気ない応答である。只次郎は意に介さずに、先を続けた。

「実は懇意の料理人に、旨いものを作らせたのですが」

今度は返事すらしない。しかも、だるそうに目を瞑ってしまった。

「以前、鰤《ぶり》なし鰤大根を土産《みやげ》に持って帰ったでしょう。あの居酒屋ですよ」

母はやはりなにも言わない。だが喉がごくりと上下したのを、只次郎は見逃さなかった。

あの鰤なし鰤大根は、母も旨そうに食っていた。いつかの味を思い出し、唾《つば》が湧《わ》いてきたのだろう。

「少しだけ召し上がりませんか。今日は鴨づくしです」

「鴨――」

どうやらまだ迷っている。だが拗《す》ねたように寝返りを打って、あちら側を向いてしまった。

「そんな、脂っこいものを」

「そうですか、すみません。では下げて、お栄と乙松に食わせましょう」

畳に軽く手をついてから、只次郎は立ち上がるそぶりを見せる。

「お待ちなさい」と、制止が入った。

「食べぬとは言うておりませぬ」

料理はまだ廊下に置いてある。とはいえ、旨そうな匂いが漂い出ている。食欲とは、匂いに喚起《かんき》されるもの。要不要を問う前に、料理を運んでおいて正解である。

母は寝床でものを食うのを嫌い、寝間着に小袖《こそで》を羽織って畳に座した。只次郎が手ずから膳を整えてやる。温め直したものはまだ湯気が立っており、食い気を誘った。

この膳がどれだけ母の体を考えて作られているか、知らずに食うよりは知って食うほうがいいだろう。只次郎はお妙の受け売りで、それぞれの料理に解説を加えてゆく。

母はふむふむと頷きながら、口当たりのよさそうな炊き合わせの椀を手に取った。

まずは煮汁を、そっとひと口。

日ごろあまり顔色を変えぬ母である。だが煮汁を飲んだとたん、ひくりと肩が震えるのが分かった。

旨かったのか、気に食わぬのか。武家の習いでなにも言わない。

それでも母は黙々と箸を動かし、膳の上のものを、気持ちいいほど、すっかり平らげてしまった。

五

翌朝は久方ぶりに、太陽が顔を出していた。

障子を開け放した縁側から、初夏の爽やかな風が入ってくる。

そのお陰か鴨づくしが効いたのか、朝餉の席に母がいた。相変わらず面白くもなさそうな顔で、だが出されたものは残さず食べた。

気鬱が散じたとまでいかなくとも、たまの晴れ間だ。女にはやるべきことが山とある。さっきまでお葉と下女を追い回し、キリキリ働かせている声が、この離れにまで届いていた。

それもひと段落ついたのか、母屋は人がいないかのように静かである。父は朝番で早くから出ており、兄はいそいそと道場通い。つかの間の平穏であった。

ところが只次郎は抜けるような青空とは裏腹に、どんよりした顔でメノウの籠桶を覗いている。

鳴きつけをはじめて十八日目。他の雛たちが調子よく歌を覚えてゆくのに対し、メノウはやはりピイとしか鳴かない。

胡坐《あぐら》の膝に頰杖《ほおづえ》をついて、隣に置いたルリオの籠桶と見比べる。目を眇《すが》めてぼそりと呟《つぶや》いた。

「やはり短い、か？」

鶯の本鳴きは、雄が雌を呼ぶための恋の歌。だから昨日のお妙の問いに対する答えは、「否」である。雌は大人になっても、チチチという地鳴きしかしない。

それを受けて只次郎がメノウの話を持ち出すと、ご隠居は「ふむ」と腕を組んだ。

「半月以上鳴きつけをして、それでぐぜりもしないなら、もしや雌かもしれませんね」

鶯飼いとて誰も好き好んで、歌わぬ雌を飼いはしない。鳥屋が扱うのも雄ばかり。只次郎は雌の鶯を見たことすらなかった。

「だけど、雌は雄よりひと回り小さいんですよね？　他の雛と比べても、メノウは少し大きいくらいなんですが」

狼狽《ろうばい》する只次郎に、お勝がふんと鼻を鳴らす。

「そんなもん、人だって大柄な女はいるだろう。やけに小さな男だっている。鶯だって同じなんじゃないかい？」

そうなのだろうか。只次郎は気持ちを落ち着けようと、盃に残っていた酒を干した。

「ですが、鳥刺しや鳥屋はその道の専門なわけですし」

「雛のうちは見分けがつきづらいものですからねぇ。少しばかり大きいのがいると、間違えるかもしれませんよ」

ご隠居の見解に、頭を抱える。なにか他に、見分ける術《すべ》はないものか。たとえば嘴《くちばし》の色が違うとか、目立たぬところに模様があるとか――。

「ああ、そういえば、雌のほうが雄より脚が少し短いと聞いたことがありますよ」

そんなわけで、只次郎はメノウとルリオを見比べているのである。

体の割合から考えると、たしかにメノウは脚が短いようである。それにこれだけ鳴く気配がないのなら、雌を摑《つか》まされたと見るべきだろう。

これまでの労力を考えて、只次郎はがくりと肩を落とした。

野鳥は手飼いでの繁殖が難しい。雌だからといって、ルリオのお嫁さんに、というわけにもいかぬ。

まさしくただの骨折り損であった。


「お、じ、う、えーっ！」

重い息をつきながら籠桶を片づけていると、お栄の元気な声がした。

振り返ると母屋の裏口から、水溜《みずた》まりの間をぴょんぴょんと跳ねて近づいてくる。女子《おなご》なのに、弟よりはるかに活発だ。

只次郎は苦笑して、お栄が上がり込んでくるのを待った。

「叔父上、昨日は美味な鴨をありがとうございました」

座敷に上がるなり、手をついてぺこりと頭を下げる。まったく、行儀がいいのか悪いのか。

「少しずつで悪かったね」

「とんでもない。栄は頰っぺたが落ちるのではないかと思いました」

昨日の鴨づくしは母一人分にしては量が多く、残りは夕餉に分けて食べたのだ。

只次郎は笑いながら、お栄のふっくらとした頰をつまむ。

「なにもしなくても落っこちそうだけどね」

「落ちませぬ！」

むきになってお栄は頰をぶっと膨らませた。

「そんなことよりも！」

移り気な女子である。お栄は懐から一冊の本を取り出して、「読んでくだされ」と差し出した。

またお伽噺かと受け取れば、兄の文櫃《ふみびつ》に入っているはずの『大學』である。

「叔父上も読めますか？」

「そりゃ、読めるけど。お栄は男文字を習ってないだろう。よくこれが『大學』だと分かったね」

「大きい、小さいという文字くらいは分かりまする」

馬鹿にするな、とばかりに胸を張るお栄である。

「それは失礼」と、只次郎は肩をすくめた。

　とはいえ、困った。お栄が読むとすれば、ふさわしいのは大學は大學でもむしろ『女大學』のほうだろう。

　兄は女に余計な知恵がつくのをよしとしない。ばれると厄介なことになりそうだ。

「昨日は乙松が泣きだしてしまいましたので、少ししか聞けませんでした」

　お栄はそう言って、胸いっぱいに息を吸う。それからなんと、朗々と声を張って唱えだした。

「大學の道は明徳を明らかにするに在り、民を親《あら》たにするに在り、至善に止《とど》まるに在り。止まるを知って后《のち》定まる有り、定まって后能《よ》く静かに、静かにして后能く安く——。ここまででございます」

　只次郎はぽかんと口を開けた。たしかに昨日、兄が読んでいた箇所である。

「え、覚えたの？　横で聞いていただけで？」

「いいえ。父上に『女は出てゆけ』と叱られましたので、廊下で立ち聞きいたしました」

　おそらく意味は分かっていない。だがたった六つの幼子が、二、三度聞いただけで漢文の読み下しをすらすらと暗唱してしまうとは。

　元々利発な子だと思ってはいたが、見込み以上であったようだ。

「叔父上？」

お栄に袖を引かれ、我に返る。はしこそうな黒い目が、只次郎を見上げていた。

桜色の頰は健康の証《あかし》、容姿も決して悪くない。

只次郎は女のお栄に、林家の光明を見た気がした。

「よろしい。お栄が望むかぎり、四書五経、小学、算術、男文字、なんでも教えてあげよう。ただし、誰にも秘密にできるかい？」

只次郎はお栄に顔を近づけて、鼻先に指を立てる。幼い目がぱあっと輝いた。

「いたしまする！」

「母上や乙松にも、だよ」

「はい！」

よほど嬉しかったと見える。お栄は只次郎の袖を摑んだまま、その場でぴょんぴょんと飛び跳ねた。

鶯とは違い、人の女には鳴く力がないわけではない。そのぶん男より利発に生まれついてしまうと、世の中は生きづらいだろう。

ものを学びたいという欲求には、怠惰と勤勉の差があるだけで、男女の別はおそらくない。しかし多くの女には、その機会が与えられぬ。

武家の次男三男が抱えている葛藤とは、似ているがまた別種のものだ。せめて女に生まれていればと思ったこともあったが、それほど楽なものではないらしい。

只次郎はお栄の、振り分け髪を撫でてやる。

教養を授けることで、この子は通り一遍の女の幸せとは無縁に生きることになるかもしれない。だがなにが幸せかを決めるのは、きっとお栄自身なのだ。

「早う、早う読んでくださいませ」

お栄の元気な声に応えるように、中庭の立葵が揺れている。

昨日はまだ咲いていなかった蕾《つぼみ》が、薄紅《うすべに》色に笑みこぼれていた。

翡翠蛸

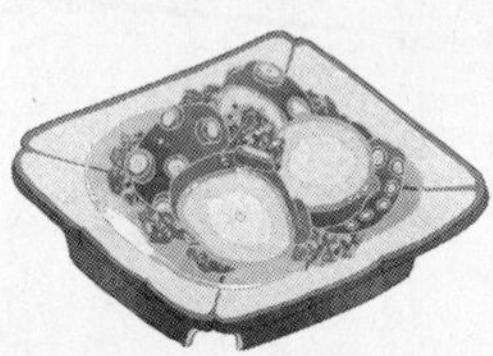

一

艶《つや》やかな胡瓜《きゆうり》が俎板《まないた》の上に並んでいる。

朝採りだという八百屋《やおや》の言葉どおり、もいだ跡から水気が滲《にじ》み出そうな瑞々《みずみず》しさである。

お妙は襷掛《たすきが》けをしたまま腕を組み、うむむと唸《うな》った。

水無月《みなづき》二十日、今日が土用の入りである。

夏の盛りとて、竈《かまど》に火の入っている調理場は、鉄鍋《てつなべ》で茹《ゆ》でられている心地がする。

格子窓を開け、入り口の戸板をすっかり取り払ってしまっても、熱気は籠《こも》って逃げて行かない。

麻ものの越後縮《えちごちぢみ》は肌にまとわりつかないが、帯の下はすっかり汗みどろ。薄く刷《は》いた白粉《おしろい》も、流れ落ちてしまっただろう。

そんな有様で献立を考えているせいだろうか。水に放った奴《やつこ》豆腐、車海老《くるまえび》の白和《しらあ》え、青唐辛子の焼きびたし、茄子《なす》のしぎ焼き、蔓紫《つるむらさき》の胡麻和《ごまあ》えと、ついつい見た目が涼やかなものや、口当たりの滑らかな料理ばかりを作ってしまう。

せめて一品くらいは江戸っ子が好きな甘辛い味つけのものを用意しようと、鍋では蛸《たこ》が煮られているところだ。醤油《しょうゆ》と味醂《みりん》で煮つけた、やわらか煮である。これに青柚子《ゆず》と青唐辛子を細かく刻んだ薬味を添えれば、さぞ旨《うま》かろう。

さてあとは、目の前の胡瓜をどうするかだ。

江戸暮らしも十五年を超えれば、武士が胡瓜を食わぬことは知っている。なんでも輪切りにした切り口が、徳川《とくがわ》様の葵《あおい》の御紋に似ているとかで、そんなものを食うのは畏《おそ》れ多いというのである。

誰が言いだしたかは知らないが、ひどいこじつけもあるものだ。

だが実際にこの店の常連、林只次郎に胡瓜の和え物を出してみると、「すみません」と言って箸《はし》をつけなかったから驚いた。

只次郎は良くも悪くも、武家らしさのない人物である。身分のわりに頭が柔らかく、「死日《しび》」に通ずると武士が嫌う鮪《まぐろ》も旨そうに食っていた。

だから胡瓜も「本当は駄目なんですけどね」と舌を出しつつ、こっそり食うだろうと思っていたが。

「自分でも不思議なんですが、胡瓜と鯀《このしろ》だけは食おうという気になれなくて。幼いころからそう言い聞かされてきたからでしょうか」

鮗もまた、「この城を食う」に通ずるとして、武士の間では禁忌《きんき》とされているらしい。

「『死日』はしょせん己に振りかかることですから、べつにいいかと思えたんですけどね」

日ごろ商人になりたいと放言している只次郎でさえ、根源にあるこの忠義心。先祖代々の刷り込みは、なかなか根深いようである。

お妙は試しに、胡瓜を中ほどで真っ二つに切ってみた。公方《くぼう》様の紋など見たこともないから、どこがどう似ているのか見当もつかぬ。斜めに切ってもまだ似ているのだろうか。縦切りでもいけないのだろうか。

べつに無理して食うものではないが、胡瓜は体の熱を取ってくれる。暑い夏にうってつけの食材なのだ。嫌いで食えないならまだしも、食うなと言われるのは酷な気がする。

いっそ、擂《す》り下ろしてしまおうか。

下ろし金を手に取って、丸ごと一本を擂り下ろす。軽く水気を切って、大振りの鉢に移した。

これだけ細かくしても、皮目の緑が鮮やかに映えている。どこからどう見ても、家紋に見える気遣いはなかろう。

さあ、これをどうするか。

和え衣にするなら、三杯酢。わずかに胡麻油を垂《た》らしてもいいだろう。

味つけをして少量を手の甲に取り、たしかめてみる。

「うん、美味《おい》しい」

シャキッとした歯触《はざわ》りをかすかに残した、爽《さわ》やかな味わいである。

これなら焼き茄子の皮を剝《む》いたのを和えてもいいし、醬油をもう少しきつくして、奴豆腐に載せてもいい。油揚げをサッと炙《あぶ》ったものと合わせるのはどうだろう。

一つの食材でも使いようによって、いくらでも道がある。だからこそ料理は面白い。

どうせならこの胡瓜を、うんと美味しく食べたいじゃないか。

そうやって考えに夢中になっていたものだから、戸口に人が立ったことには気づかなかった。

「ちょっといい?」と声をかけられて、びっくりして顔を上げる。

湯気の向こうには瞼《まぶた》の重そうな、堅肥《かたぶと》りの女が立っていた。

裏店《うらだな》に住むおえんが大福なら、こちらは硬くなった餅《もち》である。

お妙は右手の菜箸《さいばし》を置き、とっさに笑顔を貼《は》りつけた。

「ええ。どうなさったんですか、大家《おおや》さん」

「まったく、毎日やんなるほど暑いねぇ」

顔の前を手で扇《あお》ぎ、大家は遠慮なく店に入ってきた。

正しくは、「大家のおかみさん」である。本物の大家は裏店を挟んだ向こう側で、貸本屋を営んでいる。

だが亭主がいつも本に埋もれているか、寝ているかなので、このおかみさんが裏店と、四軒の表店に住む店子《たなこ》の面倒を見ていた。そのうち「大家のおかみさん」ではまどろっこしくなり、「大家さん」と呼ばれるようになったのである。

「おや、蛸」

くつくつと湯気を立てている鍋を覗《のぞ》き込み、大家は眉間《みけん》に皺《しわ》を寄せた。

「おかしなことをするね。蛸なんてのは、正月料理だよ。寒いときに食べるもんじゃないか。なんでまた、この夏の盛りに」

まるで真夏に綿入れを着ていると、非難するような口振りだ。

たしかに江戸では、真蛸の旬は冬である。酢蛸にして、切り口が紅白でめでたいからか、正月にも好まれる。

「ええ。ですが上方では、『土用の蛸は親にも食わすな』と言われるくらい、夏の食べ物なんですよ」

所違えば味覚も違う。特に明石ではこの時期の蛸を、「麦わら蛸」と呼んでいる。麦が刈られ、麦藁《むぎわら》ができるころに獲《と》れる蛸だからだという。

それがとても甘くて柔らかい。井原西鶴《いはらさいかく》が「とかく女の好むもの 芝居 浄瑠璃《じょうるり》 芋蛸南京《なんきん》」と書き残しているのは、もちろん夏の蛸のことだろう。

「なに言ってんだい。土用といえば、鰻《うなぎ》だろ」

大家は鼻根にまで皺を寄せ、信じられぬという顔をする。

由来は知らぬが、「土用の丑《うし》の日に鰻」というのは、近年急に言われるようになってきた。丑の日にちなんで「う」のつく食べ物を、ということだろうか。

お妙は湯呑《ゆのみ》に煮出しておいた麦湯を注《つ》ぎ、大家を床几《しょうぎ》へと誘《いざな》った。

面倒見のいい女だが、なにかと口出しの多いのが難点である。口うるさいのが大家の仕事。とはいえ、身勝手な判断で人を困らせることもよくあった。

「今日は、どのようなご用向きで？」

間もなく店を開ける刻限である。あまり長居されては敵《かな》わぬと、こちらから水を向けた。

大家は麦湯をズズと啜《すす》り、「ああ、そうそう」と顔を上げる。

「駄染《だぞ》め屋のあとに入る店子が決まってね。一応それを断りにきたんだよ」

思ってもみない答えが返ってきた。お妙は内心の狼狽《ろうばい》を隠し、「そうですか」と頷《うなず》く。

この家の内所に押し入った駄染め屋は、部屋に一切合財置いて逃げていた。食い詰めれば銭でも取りに戻るかと様子を窺《うかが》っていたが、あれからもう五月《いつつき》も経《た》っている。

「悪いけど、いつまでも空けとくわけにゃいかないからね」

すぐに貸せば金になるものを、これだけ待ってくれたのだ。大家は大家なりに、あの騒ぎを気にかけていたのだろう。

ありがたい気遣いに、お妙はそっと頭を下げた。

「ええ、もちろんです。わざわざありがとうございます」

通達はこれで終《しま》いのようである。だが用が済んだからといって、素直に帰ってくれる女ではない。

大家は物珍しげに店の中を見回してから、重々しい目をお妙に据えた。

「ねぇ、お妙さん。あんな物騒なことがあったんだ。寡暮《やもめ》らしはなにかと不自由だろ。

アンタもそろそろ、次の亭主を迎えちゃどうだい」

「そろそろって――」

顔が引きつるのが自分でも分かった。

善助が死んでから、まだ一年と七月《ななつき》しか経っていない。その傷はまだ塞《ふさ》がっておらず、朝な夕なに悲しみの涙を誘うのに、別の男に心を許せるはずもない。

「なにも亭主のことを忘れろって言ってんじゃないよ。でもね、古い傷を癒《いや》すのは新しい男と相場が決まってんだ。今ね、知り合いに声かけて、似合いの人はいないかと――」

「余計なことはしないでください！」

感情のままに叫んでから、我に返る。お妙は「あ」と口を押さえた。

「すみません、私――」

だが珍しいことに大家もしゅんとして、「いや、いいんだよ」と首を振る。

「一度それで、下手《へた》打っちまった。あの駄染め屋、独り身だし年恰好《としかっこう》も近いしで、アンタにちょうどいいかと思って貸したんだけどね。ご亭主が亡くなってから、六月《むつき》ばかり過ぎてたしさ」

まさかそんな目論見《もくろみ》があったとは。お妙は口を開けたまま、言葉も出ない。

「でもさ、お妙さんもいけないんだよ。あいつ、アンタにご執心だったじゃないか。なのにちっとも応《こた》えてやんないから、思い詰めてあんなことに──」

しかもなぜあの押し込みの件で、こちらが責められねばならぬ。怒りを通り越して、呆《あき》れ返る。

それでも大家の目は真剣そのもので、軽口で受け流すこともできない。

「アタシはね、本当にアンタの幸せを願ってんだよ」

その言葉に、きっと嘘《うそ》はないのだろう。ただ夏の蛸を認めぬように、自分の考える幸せ以外に目を向けようとはしないだけで。

お妙は気持ちを落ち着けるために胸の前に手を置き、目立たぬようゆっくりと息を吐いた。

「ありがとうございます。でももう少しだけ、待ってもらえませんか。そのときがきたら私から、大家さんにお頼みしますので」

よくぞ堪《こら》えたと、胸の内で己をねぎらう。

だが、そんな遠回しな辞退が通用する相手ではなかった。

「なに言ってんだ。縁談なんて当人に任せてちゃ、いつまでもぐずぐずして決まらないよ。だから周りが決めてやんなきゃいけないんだ」

「はぁ」

もはやものを言う気力も失《う》せた。だがこのままでは大家が縁談を持ってきてしまう。

どうしたものかと頭を抱えそうになったところへ、天の助けだ。

「なんだい、アンタ来てたのかい」

耳に馴染《なじ》んだ嗄《しわが》れ声。日除《ひよ》け代わりの番傘を畳んで、お勝が中に入ってきた。

大家が聞こえよがしに舌打ちをする。

「いちゃ悪いのかい。なにさ、この上天気に傘なんか差して。それ以上黒くなるもんか」

「おやおや、相変わらずやかましい婆《ばば》あだねぇ」

「お勝さんに言われたかないよ。アンタよりゃ、三つ四つ下なはずだよ」

「じゃ、やっぱり婆あだね」

大家は重たい目をいっそう細め、お勝は心持ち顎《あご》を上げ、睨《にら》み合う。

自分の考え以外は容《い》れぬ大家と、歯に衣《きぬ》着せぬお勝。この二人が出会って反目しないはずがない。

「その上アンタは、お節介婆あだ」

「なにがお節介。アタシはお妙さんの幸せを思って――」

「馬鹿だねぇ。てめぇの幸せを一番に考えてんのは、てめぇだろ？」

お勝がずずいと顔を寄せる。その迫力に押されたか、大家は硬いものでも飲み込んだように喉《のど》を鳴らした。

「フン。汚い顔を近づけんじゃないよ。気分が悪い」

悪態はつくものの、お勝を避けるように顔を逸《そ》らして立ち上がる。ようやく帰ってくれるのかと思いきや、お妙を振り返り、念を押した。

「けどね、花の命は短いんだ。早いとこ覚悟を決めないと、貰《もら》い手のない大年増《おおどしま》になっちまうんだからね」

それはまさしくその通り。言い返す言葉もない。

言うだけ言うと大家は表に出て、裏木戸を通って自分の家に帰ってゆく。どぶ板を踏み鳴らす音が聞こえ、しだいに遠ざかっていった。

お妙はそっと、お勝の顔色を窺った。どこから聞いていたのだろうか。弟が死んでまだ幾年も経っていないのに、その嫁に再縁を持ちかけられては、いい気がしないだろう。

「あの、ねえさん」

言い訳を探して口を開く。だがお勝はその先を聞こうとせずに、顎先で戸口を指しさえている。
入って来たのは職人風の男が二人。衿《えり》をすっかり寛げて、噴き出る汗を手拭《てぬぐ》いで押
「ほら、客だよ」
示した。

「ふぅ、暑い暑い。すまねぇが、まずは麦湯を一杯くんねぇか」

「はい、おいでなさいまし」

気持ちをさっと入れ替えて、お妙はやんわり微笑《ほほえ》んだ。

間もなく昼餉時《ひるげどき》である。

二

昼九つ（十二時）を過ぎると魚河岸《うおがし》の棒手振《ぼてふ》りや仲買人たちが、魚を売り切って飯を食いに来る。

一年のうち最も傷みの早いこの時期は、まさに刻《とき》との勝負である。元々荒っぽい魚河岸連中はいっそう殺気立っており、その張り詰めた心をほぐすには、やはり酒が一番らしい。

しこたま飲んで男たちは、気持ちよく帰ってゆく。夏の蛸には「蛸なんざ実際、年中獲れるもんだからな」とさほど驚かず、食ってみて「うめぇ！」と目を剝いた。食って旨けりゃそれでいい。蛸のやわらか煮は大いに売れた。

そんな騒動も昼八つ（午後二時）には穏やかになり、頃合《ころあ》いを見計らってお妙は洗い物の盥《たらい》を手に裏口を出た。裏長屋の間に敷かれたどぶ板を踏んで、井戸に至る。井戸の向かいには小さな稲荷《いなり》が、そして長屋の壁に接するように、厠《かわや》と芥溜《ごみた》めが設けられている。

長屋は間口九尺（約二・七メートル）、奥行き二間（約三・六メートル）の割り長屋、それが二棟建っている。

部屋の数は全部で十。それと『ぜんや』とは裏木戸を挟んで隣にある仕立て屋、あとは反対側の表店で営業している髪結《かみゆ》い床《どこ》と打物《うちもの》屋が、大家の差配である。

真夏の昼下がりとて、おかみ連中や子供たちは、みな昼寝でもしているのだろう。人の声はなく、厠の壁に止まった蟬《せみ》だけがやけにうるさい。

お妙は盥を井戸端に置き、はす向かいの長屋の一室をぼんやり眺めた。入口の障子戸が開け放たれているのは、駄染め屋が住んでいた部屋である。

いや、気にするまい。お妙は長柄杓《ながびしゃく》で水を汲《く》んで盥に満たし、しゃがんで皿を洗いはじめた。

強い日差しがじりじりとうなじを焼く。蝉の鳴き声が耳を聾《ろう》し、こめかみからじくりと汗が流れ落ちる。

一枚、二枚、三枚と、皿を洗う手つきがいつもより苛立《いらだ》っているのが分かる。途中で我慢できずに立ち上がり、鳴き続ける蝉に手を伸ばした。

「ジジッ！」

あわやというところで蝉はお妙の手をかわし、飛び去ってゆく。小便がぱたぱたと、乾いた土に模様をつけた。

お妙は胸の前に手を重ね、ふうっと長く息を吐く。

いけない、気を鎮《しず》めなければ。ここにきて大家への腹立ちが、頭に巡ってきたようである。

亡き良人《おっと》を死ぬまで想《おも》っていたいなら、女は尼《あま》になるしかないのだろうか。善助が遺《のこ》してくれた『ぜんや』の中で、あんな話を聞きたくはなかった。

ましてや駄染め屋を世話するつもりでいたなんて――。

暑くてたまらないのに、急に体に震えがきた。

口を塞がれたときの動悸《どうき》と、耳元で聞いた男の息遣いが蘇《よみがえ》る。

った。

ああ、あのとき私は本当に恐ろしかったんだと、我が身を抱きながらしみじみと思った。

お妙はふらふらと、駄染め屋の部屋の戸口まで歩いてゆく。

三尺の土間と、四畳半のひと間。家財道具は処分されて、中はがらんどうになっていた。

まだかすかに藍《あい》の匂《にお》いが残っている。だからこうして風を入れているのだろう。

この部屋であの男は、どういう生活をしていたのだろうか。そして今は、いったいどこで暮らしているのか。

考えてみればあの男のことを、お妙は何も知らなかった。

するりと家の中に入り、上り口に腰掛けてみる。そこから外を眺めても、べつになにも分からない。おそらく男はこの土間で藍建てをして、手拭いなどを染めていたのだろう。

しばらくぼんやりしてから、早く皿を洗って戻らねばと立ち上がる。そのとき目の端にふと、なにかが光ったような気がした。

顔を戻して、正体を探る。へっついの台底の、脚のところ。そこに落ちているものがある。

身を屈《かが》めて、手に取ってみた。

七寸（約二一センチ）足らずの、細長い刃物である。柄《え》には菊紋《きくもん》の彫金細工が施され、刃元に『丹後守兼道《たんごのかみかねみち》』の銘があった。

お妙はそれをまじまじと見て、首を傾《かし》げる。

実物を見たことがないから、合っているかどうかは分からない。

だが、これはもしや――。

「ああ、小柄《こづか》ですね」

昼八つ半（午後三時）ごろにやってきた林只次郎は、お妙が手拭いに包んでおいた刃物を開いて見せると、実にあっさりと頷いた。

「私の大刀にもついていますよ。ほら、この通り」

そう言って只次郎は、自身の背後に寝かせてあった刀を手に取り、お妙に見せる。

刀は侍の魂という。女が触れてはならぬと聞いたことがあり、息さえかからぬよう配慮して覗き込んだ。

たしかに鍔《つば》の下に小柄が収まり、獅子《しし》紋の彫金細工が覗いている。

「帯刀したときに体にくるほうが差裏《さしうら》で、こちら側の鞘《さや》に小柄櫃《こづかびつ》がついてます。脇差《わきざし》にあることもありますよ」

そして反対側の差表には、笄《こうがい》がついているという。

「刀なんてちっとも使いませんが、小柄は実用向きですよ。手紙の封を切ったり、楊《よう》枝《じ》を削ったり。刀を売っぱらうことがあっても、これだけは手元に残しておきたいくらいです」

他の客が帰ったのをいいことに、言いたい放題の只次郎である。どうやらこの侍、刀にはさほど思い入れがないらしい。

「私は竹光でもいいくらいなんですが、兄にばれると斬《き》り捨てられそうなので」

そう言ってへらへらと笑っている。

床几に寄りかかるお勝が、そんな只次郎を皮肉った。

「いっぺん斬られちまえばその顔も、ちったぁ締まりがよくなるんじゃないのかい？」

「ちょっと、駄目でしょ。それは死んじゃうでしょ」

只次郎は刀を元の位置に戻し、締まりがないと言われた顔を両手で押さえる。

それを見てお勝がふふんと鼻で笑った。その目をぎょろりとお妙に向ける。

「それで、なんでアンタがそんなもん持ってんだい？」

やはり武士の持ち物であったかと、お妙は瞬《まばた》きもせず拾った小柄を見つめていた。

　これが駄染め屋の部屋に落ちていたことは、言っておいたほうがいいだろう。

「実は——」

　だがお妙が口を開きかけたと同時に、戸口でどさりと音がした。

　振り返ると酒問屋升川屋のご新造、お志乃である。その場にへたり込んで戸口の柱にしがみつき、肩で息をしているではないか。

「お志乃さん！」

　お妙は小柄を手拭いごと床几に置いて、歳《とし》若い友に駆け寄った。

　周りを見回しても駕籠《かご》かきはおらず、お供の女中の姿もない。まさか新川の家からここまで、自分の足で歩いて来たのか。

　出かけるときはいつも揚げ帽子を被《かぶ》っているのにそれもなく、水浅葱《みずあさぎ》色の着物の裾《すそ》は、手でたくし上げられている。

「大丈夫ですか。ひとまず中へ」

　肩を貸して立たせると、驚くほど軽かった。間近に見ると、頬《ほお》が薄く削《そ》いだようにやつれている。

　上方から嫁いできたばかりのころは、江戸の味が合わずに痩《や》せ細っていたものだが、近ごろはふっくらと、娘らしさの名残《なごり》を留《とど》めて愛らしかった。それなのに、この尋常でない様子はなにごとか。

きっとお志乃にとって、なにかしらよくないことが起こったのだ。

お妙はお志乃を小上がりに掛けさせ、麦湯を一杯振舞った。

よほど喉が渇いていたのだろう。お志乃はそれをひと息に飲み干すと、力が抜けたように横の壁にもたれかかった。

「すんまへん。いつもの癖で一文も持たずに出てきてしもて。途中で野垂れ死にするかと思いました」

大店の箱入り娘だったお志乃である。生まれてこのかた財布を持ち歩いたことはなく、金そのものに触れたことがあるのかどうかすら怪しい。

もちろん自らの足で、四半刻《しはんとき》（三十分）も歩き通したことはないに違いない。まして蚯蚓《みみず》も干からびるような、この暑さである。

お妙はもう一度空の湯呑を満たし、お志乃の手に握らせてやった。

「なにがあったか、お聞きしても？」

遠慮がちに尋ねると、お志乃は顔をくしゃりと歪《ゆが》め、お妙に貪《むさぼ》りついてきた。

「お妙さん、うちもう嫌やぁ」

一拍遅れて陶器の割れる音がする。

足元にできた水溜《みずた》まりを横目に、お妙はお志乃の細い肩を抱きしめた。

三

二階の内所の襖《ふすま》を閉め、足音を立てぬようにゆっくりと階段を下りる。

前掛けを締め直して店に戻ると、床几に掛けた只次郎が、声を潜《ひそ》めて問うてきた。

「どうです、少しは落ち着きましたか？」

お志乃があまりに泣き止《や》まず、吸う息すらぜろぜろと音を立てるので、上で休ませてはと勧めてくれたのが只次郎である。

お妙は客を捨て置いたことを詫《わ》びてから、頷いた。

「ええ。泣き疲れて眠ったようです」

食欲が失せたのか、只次郎の箸はあまり進んでいない。ただ酒ばかり飲んでいるようで、お勝が新たにちろりを運んできた。

「それにしても、下手を打ったもんだね、升川屋」

まったくである。お妙はげんなりと肩を落とした。

小上がりに、お志乃が置き忘れて行った起請文《きしょうもん》がある。烏《からす》の絵を木版で刷り出した、ありがたい熊野牛王符《くまのごおうふ》である。

その裏に起請文を書くと、その内容を熊野権現に誓ったことになるという。ゆえに大事な契約の誓紙として使われるのだが、お志乃が懐から取り出した牛王符には吉原《よしわら》の遊女の名が書かれ、血判まで押されていた。

『ひとつ起請文のこと也』ではじまる起請文は、年季が明けたら『あなたさま』と夫婦になると誓っている。

請願者は、新吉原江戸町《えどちょう》一丁目松葉屋《まつばや》内、滝川《たきかわ》。宛名《あてな》は升川屋喜兵衛。

これをお志乃が喜兵衛の文箱《ふばこ》から見つけたというのだから、笑えない。

「しかも、日付が寛政《かんせい》三年五月十日。ほんのひと月前じゃないか」

お勝が起請文を取ってきて、床几の上に広げて見せる。升川屋は結婚前に、女関係を整理したのではなかったか。

只次郎が歯切れ悪く「ああ」と呟《つぶや》き、頬を掻《か》いた。

「アンタ、なんか知ってんのかい」

お勝にぎろりと睨まれて、降参とばかりに手を上げる。

「ほら前に、隅田堤で花見をしたでしょう。あのあと三文字屋さんが、升川屋さんを吉原に引き連れてったんですよ」

「まぁ」とお妙は目を見開いた。

自分たちは後始末をして、ひと足先に席を辞してしまった。あれからそんなことになっていたとは。

「アンタも行ったのかい？」

「まさか。桜餅を買ってまっすぐ家に帰りましたよ」

妙に強い口調で只次郎は否やを示す。潔白だと言いたいらしい。

「それにこんな高い見世《みせ》に高い女、私には縁がありません」

そのあたり、素人の女は男より疎《うと》い。

三月の花見、七月の玉菊灯籠《どうろう》、八月の俄《にわか》の折には、普段は入れぬ女も大門《おおもん》を潜《くぐ》ることができるのだが、前もって茶屋から切手を貰わねばならない。お妙は善助に連れられて、一度見物したことがあるだけだった。

「お詳しいんですか？」

「いえいえ、そんな。細見を見て知ってるだけです」

吉原細見は吉原遊郭《ゆうかく》の案内書である。妓楼《ぎろう》名、遊女名、揚げ代などが、細かに記載されている。

只次郎も大人の男、小見世くらいには上がったことがあるのだろう。

「いいんですよ、べつに。気にしませんから」

この若者にきまりの悪い思いをさせてはいけないと、気を回したつもりである。だが只次郎はお妙のひとことで、しゅんと肩をすぼめてしまった。

「そんなこたぁどうでもいいけど、うちのお妙にさえ悋気《りんき》を起こしたご新造さんだろ。こりゃ、もうひと荒れしそうだねぇ」

お勝がやれやれと、煙管《きせる》の吸い口で頭を掻く。

「だけど升川屋さんは、なんにもしなかったんでしょう？」

唯一の男である只次郎は、少しでも升川屋の肩を持ってやりたいようだ。

「この証文はなんですの」と問い詰めるお志乃に、升川屋はそう弁解したそうである。松葉屋の滝川のことは、たしかに結婚前は贔屓《ひいき》にしていた。だがお志乃が来てからは吉原に足を向けておらず、どうしても断れなかった一回だけ。それもひと晩酒を酌み交わし、昔語りをしただけで、共寝はしていないという。

「そんなもん、女が信じると思うかい？　誰が見てたわけでもあるまいし、なんとでも言えんだろ」

お勝にぴしゃりと撥《は》ねつけられて、只次郎は口をへの字に曲げた。女二人に男一人、どう見ても不利である。

「でも、相手はしょせん遊女ですよ。起請文だって、上客を繋《つな》ぎ止めておくための手《て》練手管《れんてくだ》でしょうに。なにもあんなに泣かなくても」

熊野牛王符に書かれた起請は、それを破ると熊野権現の使いである烏が三羽死に、自らも血を吐いて死ぬという。

だが神仏への誓いもずいぶん安くなったもの。一人で何枚も別の客に、起請文を送りつける遊女もいる。あなただけよと見せかけて、廓《くるわ》に呼ぼうとするのである。

「ご改革のあおりを受けて、近ごろは吉原もずいぶん苦しいと聞きますよ。この滝川とやらも、久しぶりに升川屋さんに会って、手放すのが惜しくなったんでしょう」

「烏が何羽死んだって知るもんか。そんなもんを送りつけられるような隙《すき》を見せてるところが、すでに腹立たしいんだろうよ」

只次郎がなんと言っても、お勝に軽々と打ち返される。

この場におえんがいなくてよかった。いればきっと、泥仕合になっている。

只次郎がすっかり言葉に詰まったところで、お妙は口元に置いていた手を外した。

「私、思うんですけども。お志乃さんだって大店のお嬢様ですから、旦那衆《だんな》は遊ぶのも仕事のうちと、頭では分かっているはずなんです。でもさっき林様が仰《おつしや》ったように、『こんなことで騒ぐお前が悪い』と責められるのが、余計に辛《つら》いんじゃないでしょうか」

「ええっ。いや、私はべつに、そんなつもりで言ったわけじゃ——」

しどろもどろの只次郎。月代《さかやき》に汗がふき出した。

女郎は浮気の数に入らぬ。その考えは、お妙にも多少は分かる気がするのだ。それでも他の女を抱いてきた良人と肌を合わせるのは、やはり寂しいと思ってしまう。前と同じように触れられても、おそらく体が応じぬだろう。

それなのに妻ならばその程度で動じてはならぬと、鷹揚《おうよう》を強いられるのはなぜなのか。お志乃は升川屋本人にそう言われ、しかたなく姑《しゅうとめ》に泣きついたそうである。

少しは息子を叱《しか》ってくれるかもしれぬという、望みを抱いてのことだろう。だが姑が叱ったのは、そんなお志乃の不覚悟だった。

「男が外で遊ぶのは当たり前のこと。先代もよく遊ぶ人でしたが、それで気持ちよく働いて家を盛り立ててくれるなら、妻としてなんの不足がありましょう。私は先代のご贔屓にも、盆暮れのつけ届けを欠かしたことはありませんよ」

自分がそうやって我慢してきたのだから、お前もそうあるべきだと言わんばかり。お志乃はその言い様に動転し、着の身着のまま家を飛び出してしまったのだ。

「まぁでも、お志乃さんはなにも悪くないんですもんね。それなのに升川屋さんには開き直られて、お姑さんには叱られたんじゃ、身の置き所がないかもしれません」

己の発言を顧みて、改心した様子の只次郎。少しはお志乃に同情する気になったようだ。

お妙はぬるめにつけたちろりの酒を、只次郎の盃《さかずき》に注いでやる。

「ともあれ、升川屋さんには人を遣って、知らせておかないといけませんね」

「ああ、それならもうじき、向こうから来るんじゃないですか。お志乃さんが行きそうなところなんて、ここくらいしかないでしょう」

只次郎の指摘どおり、しばらくすると一人の女が髷《まげ》を乱して駆け込んできた。

「うちのご新造はん、いらしゃってますか」

お志乃のお付きの女中、おつなである。

「ああ、よかったぁ」

お志乃は泣き疲れて二階の内所で休んでいる。そう聞いて、おつなはその場にへたり込んだ。

主従揃《そろ》って足腰の弱いことである。お妙に助け起こされて、おつなは「すんまへん、すんまへん」としきりに謝った。

「安心したら、なんや力が抜けてしもうて」

お志乃とは、乳姉妹《ちきょうだい》として共に育ったそうである。正しくは三つ下の弟が同じ乳を分けた仲なのだが、その縁で幼いころからずっとお志乃に仕えてきた。主人を見失って、こちらも気が気ではなかったのだろう。

物心ついてからは片時も離れず、江戸にまでつき従って来たくらいだ。主人を見失って、こちらも気が気ではなかったのだろう。

「ご新造はんから、聞かしゃりました？」

小上がりに座り、上目遣いに尋ねてくる。お妙が神妙に頷くと、はらはらと涙を零《こぼ》しはじめた。

「可哀想《かわいそう》に、もう三日もろくに召し上がってへんのです。無理に食べてもすぐに戻してしまわしゃって、胸が焼けて夜も寝つかれへんみたいで」

それでお志乃はあんなにも、面やつれして見えたのだ。

「あの子はなにかあるとすぐ、ものが食えなくなっちまうんだねぇ」

お勝が麦湯を運んできて、傍らに置いてやる。それにも気づかぬ様子でおつなは、袂《たもと》に顔を埋《うず》めて泣きじゃくった。

「他の誰より可愛《かい》らしうちのお嬢《とう》はんが、あんなに悲しましゃって。こんなことになるんやったら江戸になんか、来んかったらよかったと思います」

いつの間にか呼び名が変わっていることに、自分でも気づいていないようだ。いや、おつなにとっては幾つになっても、お志乃は「うちのお嬢はん」なのだろう。

お妙はおつなの隣に座り、背中をそっと撫《な》でてやった。この主従には、今生かぎりとは思えぬ絆《きずな》があるらしい。

なにも言わずに背中を撫で続けていると、おつなはしだいに鎮まってきた。

懐紙で顔を拭《ふ》くと、さすがに気恥ずかしくなったのか、「えろうすんませんでした」と下を向く。

「いいんですよ。おつなさんがいればお志乃さんも、心強いことでしょう」

おつなの目に、新たな涙が浮いてくる。

それを零さぬように顔を上げると、出された麦湯を勢いよく飲み干した。

「さて、こうしてはいられまへん。いっぺん帰って旦那はんに知らせてこんと」

先ほどまでの嘆きようはどこへやら、袖《そで》を払ってすっくと立つ。己の職務を思い出したようである。

「お志乃さんの様子を見て行かないんですか？」

「よう休ましゃってるようなんで、このままで」

耳を澄ませても二階からは、ことりとも音がしない。家を離れたことで、お志乃も気が抜けたのだろう。

だがおつなのほうは顔を引き締めて、お妙に切実な目を向けた。

「お妙さん、もしものときはお嬢はんとうちを、しばらくここに置いてくれまへんやろか」

いざとなったらお嬢はんを守るのは自分やと、決意を固めた顔である。

お妙はその瞳《ひとみ》をやんわりと見返して「ええ、もちろん」と頷いた。

騒動のうちにいつのまにか刻は過ぎ、陽《ひ》が西の空を真っ赤に焼いている。

いい風が出てきたので只次郎にも手伝ってもらい、床几の座面を半分表に出した。

夕涼みの頃おいである。

さらさらと流れる神田川の水音が心地よく、向こう岸の柳も目に涼しい。こういうときは、川沿いに店があってよかったと思う。

「はぁ、生き返りますねぇ」

足元の蚊を団扇《うちわ》で追いつつ、只次郎はいっそう寛いだ様子である。

暑い夏を乗り切れるのは、この楽しみがあればこそ。天秤棒を担いだ飴《あめ》売りが通って行ったのは、夕涼みの親子を狙っているのだろう。少し離れたところには、天麩羅《てんぷら》の屋台も出ている。

「それにしても升川屋さん、大丈夫なんでしょうか。まさか離縁、なんてことには――」

只次郎が声をひそめ、心配そうに眉を寄せる。おつながやけに凜々《りり》しい顔をしていたのが気にかかるのだろう。

「男と女なんざ、駄目になるときはどうしようもないのさ。ま、それまでの縁だったと諦《あきら》めるんだね」

「そんなぁ」

木で鼻をこくるようなお勝の返答に、只次郎が情けない声を出す。

お妙はたまらず、くすくすと声を上げて笑ってしまった。

「ちょっと、笑ってる場合じゃないですよ。もし本当に別れちゃったらどうするんですか」

お勝とて、本気であの二人が駄目になるとは思ってはいないだろう。焦っているのは只次郎ばかりである。

お妙はしばし考えて、頷いた。

「たぶん、大丈夫だと思いますよ」

「なにを根拠に？」

根拠といえば、なくもない。だが、まだそうとはかぎらない。

お妙は「さぁ」と首をすくめる。

「んもう、当てずっぽうだなぁ」

話を逸《そ》らされ、それでも只次郎はだらしなく頰を緩めた。お妙の仕草が気に入ったのだろう。お勝が聞こえよがしに鼻を鳴らした。

ふふふと笑いを嚙《か》み殺し、お妙は空いた皿を重ねる。あまり食が進まぬ様子の只次郎、まだ奴と白和えしか食っていない。

「林様、もうご飯になさいます？」

近ごろの暑さでは、食が細るのも道理である。だが食わねば夏に負けてしまう。

せめて炊きたての飯に、蛸のやわらか煮を刻んで混ぜてやろうか。青紫蘇《あおじそ》や胡麻も一緒に混ぜ込めば、より食べやすくなるだろう。

「そうですねぇ、ひとまず升川屋さんの到着を待ちます。もうひと悶着《もんちゃく》ありそうですし」

「かしこまりました」

今日の決着を見届けないと、只次郎も安心して帰れぬようだ。

お妙は軽く一礼して、調理場に入る。お志乃が起きたら、なにか食わせてやらないと。胸が悪いかもしれないが、なにも食べないのはやはりよくない。

上方育ちのお志乃なら、土用の蛸を喜ぶだろう。だがやわらか煮は、醤油で濃いめに煮つけてある。濃口醤油に慣れてきたとはいえ、おそらく今は食えないだろう。

翌日使うつもりで、下茹でだけしておいた蛸を取り出した。これをさっぱりと食すには、酢の物がいいか、梅と和えるか。

そこまで考えて、お妙は「ああ」と顔を上げた。背後の作り棚に、大振りの鉢が平皿を蓋《ふた》代わりにして置かれている。

そういえば大家の突然のお出ましで、すっかりこれを忘れていた。

四

部屋の襖を閉めきっているせいで、二階の廊下は残照も射《さ》さず、すでに暗い。

お志乃を案内したのは、善助が使っていた部屋である。お妙は自分の部屋の襖を開けて明かりを入れ、ひやりとした廊下に膝《ひざ》をついた。

「お志乃さん、入っても？」

返事はないが、起きている気配はある。そっと襖を開けて中を覗いた。

こちらの部屋は川に面しており、まだいくぶん明るい。

お志乃は蚊帳《かや》の中で身を起こし、夜具の上にぼんやりと座っていた。帯を解き、半《はん》襦袢《じゆばん》に蹴出《けだ》しという、しどけない姿である。

「少しは眠れましたか？」

お妙が尋ねると、虚ろな目でこちらを振り返った。やつれた頬に降りかかる乱れ髪がやけに艶《なま》めかしく、娘らしさとの決別が近いことを思わせる。

「だんさんがお越しやしたんどすね」

その問いに答えるまでもなく、階下からは升川屋の声が聞こえてくる。おつなからお志乃の居場所を聞くやいなや、すっ飛んできたようである。

「ええ、お志乃さんをお迎えに」

「いやや、会いとうない」

お志乃が眉《まゆ》を曇らせ、首を振る。お妙は心得顔で頷いた。

「そうかと思って、下で待っていただいています」

升川屋は『ぜんや』にたどり着くと、「お志乃は？」と息を切らせて内所に上がり込もうとした。それをお妙が階段の前に立ちはだかって、止めたのである。

「ちょっとお待ちになってください。お志乃さんの心のうちを、まずはたしかめて参りますから」

升川屋は「勘弁してくだせぇよ、お妙さん」と、苦りきった顔をした。

「夫婦喧嘩《げんか》は犬も食わねぇと言うでしょう。俺ぁもうずいぶん謝ったんだ。あとはお志乃が折れてくれなきゃいけねぇよ」

ようするに、お志乃が意地になっているだけだと言いたいのだ。およそ許される側の態度とは思えなかった。

「謝ったと思っているのは、升川屋さんだけではないですか？」

お妙の率直な意見に、升川屋は目を剝いた。月代がかっと赤くなる。

腹が立つのはどことなく身に覚えのある指摘をされたからだ。只次郎が「まぁまぁ」と、後ろから升川屋の肩を叩いて取りなした。

「ひとまず女の人に任せるというのも手なんじゃないですか。私たちはこちらで、酒でも酌み交わして待ちましょう」

こういうとき、只次郎の人を構えさせない和《なご》やかさはありがたい。

そんなわけで升川屋は只次郎に任せ、お妙だけがお志乃の様子を見に来たのである。

「お気遣いおおきに。えらい迷惑かけてすんまへん」

詫びるお志乃の、首の細さが痛々しい。お妙は労《いたわ》りを込めて微笑んだ。

「いいんですよ。こんなむさ苦しいところですが、泊まっていただいても」

「ほんまに、おおきに」

お志乃の口元に、ようやく笑みらしきものが浮かぶ。京人形のような小さな顔が、儚《はかな》げにほころんだ。

場の流れを変えようと、お妙は心持ちうきうきとした声を出す。

「ともあれ、なにかお腹《なか》に入れません？　口当たりのよさそうなものを持ってきたんですが」

膝を躙《にじ》り、廊下に置いてあった折敷《おしき》を取って襖を閉める。お志乃の具合を慮《おもんぱか》り、少しずつ小鉢に盛った料理である。

だがお志乃はそれを流し見て、首を横に振ろうとした。

「すんまへん。ここしばらくは、胸が悪うて――」

そう言いながら、目は一つの小鉢に吸い寄せられる。

「あ、蛸」と、囁《ささや》くような声が洩《も》れた。

「ええ、土用の蛸です。三杯酢でさっぱりとした味つけにしてありますよ」

お妙が水を向けると、お志乃は少し迷ったのちに、もそもそと蚊帳から這《は》い出してきた。

「この、緑の和え衣はなんどすの？」

「胡瓜です」

お志乃が吐く息に紛れて「へぇ」と呟く。

紅白の蛸が、緑に色づいたみぞれを纏《まと》っている。目にも涼しい一品である。

「召し上がりますか？」

「ほな、ひと口だけ」

そう断って、箸を取った。

ぶつ切りにした蛸の切れっ端を恐る恐る摘まみ、口に運ぶ。

「ああ」

きゅっと噛んだとたん、お志乃は頬を持ち上げた。

「美味しい。お酢がええ塩梅《あんばい》で、これやったらもうちょっと食べられそう」

それはよかった。お妙はほっと胸を撫で下ろす。

「どうぞ。食べられる分だけでも、召し上がってください」

そう勧めると、お志乃は蛸の和え物を小鉢ごと手に取った。

「胡瓜もえらい上品やわぁ。せやのに味つけがよう染みて、淡泊な蛸にお似合いどすなぁ」

灘《なだ》の産であるお志乃なら、麦わら蛸にも馴染みがあろう。よほどの蛸好きと見えて、ゆっくりではあるが、着実に量を減らしてゆく。

それが呼び水になったのか、お志乃は他の小鉢にも箸をつけた。

車海老の白和えと、蔓紫の胡麻和え。あらためて見ると和え物ばかりである。まさかこんなに食べてくれるとは思っておらず、お妙は偏った選択を悔いた。

「嬉《うれ》しわぁ。江戸におるかぎり、土用の蛸なんか二度と食べられへんと思うてたのに」

それでもお志乃が喜んでくれるなら、よしとしよう。

「この蛸の和えもん、なんてゆう料理ですのん？」

「思いつきで作っただけで、とくに名前は。下ろし胡瓜と蛸の和え物、でしょうか」

「まぁ、そんな無粋な」

ころころと、鈴を振るような声でお志乃が笑う。口からものを食べて、少しは元気が出たようである。

「そうどすなぁ。せっかくやから、もっとええ名を」

小鉢に残った料理を眺めて、頭をひねる。胡瓜の衣がわずかに射す陽を受けて、きらきらと光っている。

「翡翠《ひすい》蛸なんてどうどす？」

「まぁ、綺麗《きれい》な響き」

「決まりどすな」

　やや名が勝ちすぎている気もするが、そのうち馴染んでくるだろうか。お志乃の得意顔が愛《いと》おしくて、お妙は「ええ」と微笑んだ。

　お志乃はけっきょく、すべての小鉢を空にしてしまった。

「ご馳走《ちそう》さんどした。おおきに」と、指を揃えて畳に手をつく。

　思ったよりたくさん食べられたのが、自分でも不思議なようである。

「なんでやろ。あんなに胸が悪かったのに、お妙さんの料理はするっと入ってしもた」

　それはおそらく、料理人への信頼もあるのだろう。江戸に来たばかりの辛いときに、お妙の料理に助けてもらった。その記憶が、張り詰めた体を緩めてくれたのかもしれない。

「そう、それはよかったです」

折敷を後ろに下げながら、お妙はにっこりと目を細めた。

「もう気持ち悪くはないですか?」

「お陰さんで。むかむかしてたんがましになりました」

その言葉を聞いて、やはりそうかと頷いた。あのときはあまり腹が減りすぎても、悪心《おしん》がすると聞いている。

「あの、お志乃さん」

「へぇ」

躊躇《ちゅうちょ》したのち、単刀直入に問うことにした。膝を進めてきたお妙に、お志乃がなにごとかと眉を寄せる。その耳元で、声をひそめた。

「つかぬことを伺いますが、月のものは来ていますか?」

「へっ?」

お志乃はしばし、言葉の意味を図りかねたようにぽかんとしていた。だが合点がゆく前に、手は下腹を撫でている。

その仕草に驚いて、お志乃は「あっ!」と目を見張った。

「そうやったんか、それで——」

不運なことに、ちょうどつわりがひどくなったのと、升川屋の浮気が露見した時期が重なってしまったのだ。

普段ならすぐにおめでたと分かったろうに、恋煩《わずら》いや嫉妬《しっと》でものが食えなくなったことのあるお志乃である。この度もそれだと、誰もが思い込んでしまったのだろう。

「念のため、お医者様に診《み》てもらいましょうね」

撫でるようなお妙の優しい声に、お志乃はぼんやりと頷いた。

まだ実感が湧《わ》かないのだろう。ぺったんこなその腹から、あと十月《とつき》足らずで赤子が生まれてくるとはとうてい思えない。

それでも赤子はここにいるよと、母親の体を通して訴《うった》えてくる。体の不調は赤子が必死に生きようとしている証《あかし》なのだ。

お志乃が急に、腹を抱きかかえるようにして丸くなる。

もしや悪心がするのだろうか。なにか受けるものはないかと目で探す。

「お妙はん」

袖をきゅっと握られた。こちらを見上げてくるお志乃は、覚悟の定まった目をしている。

「迷惑ついでにすんまへん。鏡と角盥《つのだらい》、それから剃刀《かみそり》を貸してくれまへんか」

なるほど、そういうこと。

その思惑を即座に見抜き、お妙は「ええ」と頷いた。

「でしたら髪も結い直しましょうか。お手伝いしますよ」

「本当なんだって。本当にあの一度っきりしか行ってねぇし、なにもしてねぇ。責められる謂われはねぇんですよ」

内所の廊下に出ると階下から、升川屋の言い訳が聞こえてきた。多少酒が入っているのか、声が大きい。

「おや、そうかい。じゃあなんでこんなもん、大事に取っといたんだい」

「あっ、なんでお勝さんが持ってんだよ。だって、牛王誓紙だぜ。捨てたり燃《も》したりしたら、罰が当たりそうじゃねぇか」

「へぇ、そりゃ信心深いこって」

「信じてくれよぉ」

お妙は背後に佇《たたず》むお志乃を振り返る。

もうすっかり日が暮れて、手燭《てしょく》の灯《あか》りがお志乃の顔を白く浮き上がらせていた。落ち着いた表情で、ゆっくりと頷く。

お妙も無言で頷き返し、先に立って歩きだした。

みしりみしりと、階段がきしむ。店に至ると床几に腰掛けていた升川屋が、「お志乃！」と叫んで立ち上がった。

お妙はそっと横にずれる。後ろに続いていたお志乃が、升川屋と向き合うかたちになった。

一歩二歩、前に踏み出そうとしていた升川屋が、急にその歩みを止める。驚愕《きょうがく》のあまり、ぽかんと口を開いたまま固まった。

なにげなく振り返った只次郎もまた、手にした盃を取り落としそうになっている。

お勝はさすがに分かっていたらしい。「おや、気が早いねぇ」と、片頬に笑みを浮かべた。

伏し目がちだったお志乃がゆっくりと瞼を上げる。化粧をやり直したその顔には、眉がない。

髪もまた、大店の新妻らしい割り鹿《か》の子《こ》から、丸髷《まるまげ》に変わっている。まだ歳が若いので、髷はこんもりと盛っておいた。

子ができると眉を落とすのは女の習わし。そこにはもう、初々しい新妻の姿はない。

動けぬ升川屋の代わりに、お志乃がするすると進み出る。それからゆっくりと腰を折った。

「だんさん、お手間かけてすんまへんどした。ほな、帰りまひょ」

「え？　あ、ああ――」

愚図られることを予期していた升川屋は、思惑が外れて面食らう。

「い、いいのかよ？」

問いかけられて、お志乃は悠々と良人を見返した。

「だんさんのところ以外にこの江戸で、うちの帰る場所がありまっか？」

鉄漿《おはぐろ》の歯を見せ、にこりと笑う。削げた頬と相まって、凄《すさ》まじいまでの迫力である。

升川屋はすっかり気を呑《の》まれ、「あ、ああ」と頷いた。そしてなにを思ったか出し抜けに、頭の上で手を合わせる。

「お志乃、すまなかった！」

身も世もあらず、男が頭を下げている。正体は分からずとも、眉を落とした妻に不穏な気配を感じ取ったのだろう。

「こんなことはもう二度としねぇと誓う。それこそ牛王符に書き留めてもいい。だから許してくれ！」

はじめから誠実に謝っていれば、ここまでこじれずに済んだかもしれないものを。

升川屋は頭を下げたまま、妻の優しい言葉を待っている。

いつものお志乃なら、「だんさん、うちこそ意地になってしもたんどす。堪忍《かんにん》してくれまっか」と泣きついていただろう。

だが様変わりしたお志乃は良人をじっと見下ろして、能面のような顔でこう言った。

「なんのことどす？」

ぎょっと目を剝く升川屋。只次郎も同じような顔をして、盃の酒を零している。

これは殿方には少しばかり、刺激が強すぎたかもしれない。

お勝が面白そうに、にやりと笑った。

「おやおや、すっかり強くなっちまって」

五

今宵の月は更待月《ふけまちづき》。その名の通り、夜が深くならないと昇らない。

お妙は外しておいた入り口の戸を半分だけ戻し、表に突き出した床几の縁に腰を掛けた。

羽虫が集まってくるので、行灯《あんどん》は足元に置く。薄暗いがそのぶん星が綺麗に瞬いている。

「ねえさん、早く。いい風よ」

店の中に向かって呼びかける。お勝が「へいへい」と、ちろりと盃二つを手に現れた。

升川屋夫妻も只次郎も帰った夜五つ（午後八時）。夕涼みにはちと遅いが、ここらで暑気疲れを癒しておかないと体にくる。余ったお菜を肴《さかな》に軽く飲もうという話になった。

「いやぁ、今日はくたぶれたねぇ」

自分はなにもしていないくせにそう言って、お勝は床几に盃を並べた。たまにはこんなふうに、女二人で過ごすのもいい。

お妙はふふっと、肩を揺らして笑った。

「なんだい？」

「いえ、林様が翡翠蛸を食べてしまったのを思い出して」

「ああ、ありゃ可笑《おか》しかったねぇ」

お勝はどうせ、気づいていたのに止めなかったのだろう。お妙が二階でお志乃の拵《こしら》えを手伝っているうちに、大鉢に残っていた翡翠蛸はすっかり食いつくされていた。

そのことに気づいたのは、升川屋とお志乃が帰ってからである。

「あれっ」と声を上げるお妙に、只次郎は「どうかしましたか?」と呑気《のんき》に首を傾げた。

「もしかしてこの鉢に入っていた蛸、召し上がりました?」

「ええ、旨かったですよ。さっぱりしていて、蛸が驚くほど甘くって。箸が止まらなくなりました」

どうやら胡瓜を食ってしまったことには、気がついていないようだ。

「また作ってくださいね」と笑っているし、これは知らぬが花だろう。そんなわけで只次郎には、翡翠蛸の正体は秘密である。

「可笑しいといや、升川屋だ」

お勝もくつくつと肩で笑い、片手で盃を口元に運ぶ。

ぬるくつけた酒は、体も口も緩くする。

「本当ね。仲直りしてくれてよかったわ」

お志乃が身籠《みごも》っているかもしれないと聞かされた升川屋の狼狽ぶりは、ただごとではなかった。

すぐに医者を呼びに走ろうとして、「それより駕籠を」とお志乃に諌《いさ》められる。駕籠が来たら来たで、「揺らすなよ。むき出しの豆腐を運ぶと思って、そろーっとな。

そろーっと」と注文をつけ、「だんさん、落ち着いとくれやす」と呆れられていた。

「ありゃあ、これから尻《しり》に敷かれるだろうね」

「あらあら、せっかくの色男が」

「しょうがない。いったん覚悟を決めた女に、男が勝てるはずないのさ」

ぴりりと辛い青唐辛子を嚙みながら、お妙はお志乃の、艶やかな黒髪を思い出す。それを櫛《くし》で梳《す》いてやりながら、そういえば女の美しい髪のことも、翡翠と呼ぶのだっけと考えていた。

この髪の一本一本に、女は本心や恨みごとや憤懣《ふんまん》や嫉妬を織り込んで、美しく髷を結う。だからこそ節目ごとに、髷の結いかたを変えてゆくのではないかと思う。

「きっと、元気な子が生まれてくるわね」

神田川の流れに耳を澄ませ、目を瞑《つぶ》る。このまま軽い酔いに任せて眠れば、亡き良人に夢の中で会えるかもしれない。

けれども目が覚めたときの寂しさを思うと、まだ眠ってもいないのに胸の片隅がきゅっと軋《きし》んだ。

「アンタ、アタシに遠慮しなくていいからね」

思いがけぬ言葉をかけられて、振り返る。お勝はお妙から視線を外し、手酌で酒を注いでいた。

墨で塗りつぶしたような夜である。その表情は、定かでない。

「いけ好かない女だけど、大家の言うことも一理ある。花の命は短いんだ。子も産めない歳になってから後悔しても、遅いからね」

やはり大家との会話は、おおかた聞かれていたのだろう。

「ねえさん――」

なんと返していいのか分からず、言葉に詰まる。裏切られたような気がして、いっそう胸が苦しかった。

お勝は善助の思い出を語り合える、数少ない身内である。善助を通じて他の誰よりも強く繋がっている。

その繋がりの糸を、ぱっと手放されてしまったみたいだ。そんなことをされても、暗闇の中で子供のように惑うことしかできない。

お妙の心の動揺を知ってか知らでか、お勝はなんでもなさそうに先を続けた。

「アタシはね、アンタさえ幸せなら相手の男なんざ誰だっていいんだ。それこそ妾奉《めかけ》公だって、アンタが是非にと望むならね。まぁ、それはないだろうけどさ」

宙に浮いた妾奉公の話まで持ち出して、盃をクイッと空ける。夜の闇《やみ》と酒の力を借りて、なにを言おうというのだろう。

「弟を深く想ってくれてることは、ありがたいよ。あの子は果報もんだ。でもね、早く気持ちにけりをつけて、次の幸せを見つけてくれたほうがアタシは嬉しいんだ。だってさ、アンタはアタシの――」

そこでいったん言葉を切って、お勝はひとりごとのように呟いた。

「娘みたいなもんだからね」

こみ上げてくるものが、抑えきれない。お妙は両手で口元を覆った。

どれだけ涙にくれようと、目の前の暗闇は滲まない。

夜明けはまだ、遠くにあった。

送り火

一

瓜《うり》形、丸形、枕《まくら》形、瓢簞《ひようたん》形。

家々の軒先《のきさき》に吊《つ》るされた盆提灯《ぼんぢようちん》は、形も大きさも様々である。

だがそこはさすがに、大店《おおだな》の建ち並ぶ大伝馬町。二尺余りもの白張り提灯がずらりと吊り下がっている様は、まさに壮観《そうかん》である。

色とりどりの切子灯籠《きりこどうろう》が交じっているのもまた、風情《ふぜい》がある。

文月《ふみづき》十五日、盂蘭盆会《うらぼんえ》の風景である。

今年は五月が涼しかったせいか、立秋を過ぎても暑さが去らぬ。月代《さかやき》を焼かれながら林只次郎はつとめて背筋を伸ばし、大伝馬町から日本橋の大通りを指して歩いていた。

先祖の御霊《みたま》を祀《まつ》る日ゆえ、やはり休みの店が多い。特に魚屋は十三日から今日までが精進日《しようじんび》とあって、軒並《のきな》み戸を閉めている。

「おがら、おがら、おがらぁ〜」

どこからか、呑気《のんき》な苧殻《おがら》売りの声がする。十三日の迎え火と、十六日の送り火に焚《た》く苧殻である。七夕《たなばた》が終わったころから売り歩くのが普通だが、まだしつこく売っているようだ。

室町三丁目に出ると右に折れ、只次郎は日本橋通りを神田方面に北上してゆく。もうそろそろ昼餉《ひるげ》時。腹はたいそう減っている。むろん真っ直ぐ家に帰るつもりはない。せっかくだからなにか手土産《てみやげ》になるものはないかと、いつもより人通りの少ない通りを見回した。

仏具屋は開いているが、そんなものを貰《もら》って喜ぶ女はいない。花売りの婆《ばば》あが菰《こも》に巻いて売り歩いているのは仏花だし、水菓子売りが多いのは精霊棚《しょうりょうだな》への供え物だろう。時節柄、抹香《まっこう》くさいものばかり。仕方がないから水菓子売りから真桑瓜《まくわうり》を買い求めた。

それにしても今日は朝から、修験者《しゅげんじゃ》姿の男たちが目立つ。なんでも髪切り除《よ》けの護《ご》符《ふ》を売っているらしく、求める人の姿も絶えない。

髪切りとはその名のとおり、夜の辻《つじ》に潜んで人の髪を切る妖怪《ようかい》である。昔から度々噂《うわさ》に上り、暗がりをゆく者を怯《おび》えさせてきたものだ。それが今月に入ってから、頻繁に現れるようになった。

甚《はなは》だしきは、三日前の草市の夜である。

十二日に江戸の各所で開かれる草市では、精霊棚に敷くための真菰や青竹、藁《わら》細工の牛馬、蓮《はす》の葉、盆提灯や灯籠など、盂蘭盆会に必要な一切のものが手に入る。どこもたいそうな賑《にぎ》わいで、夜のこととて身なりを気にせず、行水をしたあとの洗い髪のまま出かけていた女も多かっただろう。

だからきっと妖怪も、髪を切りやすかったのではないか。市の混雑のうちに、あるいは帰途の暗がりで、髪を切られる女が続出した。

髪は女の命という。尼《あま》のように切り落とされては人前にも出られぬとあって、妖怪髪切りは今最も、江戸の女たちを震え上がらせているのである。

たしかに月の光も届かぬ辻の暗がりには、なにが潜んでいるか分からない。特に今日はこの世に帰って来た亡者と、生者の入り乱れる盂蘭盆会。いかにもこの世ならぬ者が、背後から忍び寄ってきそうである。

御霊が戻ってきているのなら、きっとあの人のご亭主も――。

只次郎は手にした真桑瓜をじっと眺めた。そのころんとした実の形に、愛《いと》しい人の微笑《ほほえ》みを思い浮かべる。

八ツ小路の火除け地に差し掛かっていた。筋違御門《すじかいごもん》の石垣が目の前にそびえ、その先に流れるのは神田川だ。

『ぜんや』はすぐ目と鼻の先。まだちっとも死んだ亭主を忘れられぬらしいお妙は、さぞ丁重に御霊をもてなしていることだろう。

恋敵が死者というのは、分がいいのか悪いのか。

すでに手も足も出せぬくせに、いつまでもお妙の心を占めているのはずるくはないか？

只次郎には、愚直に店に通うことしかできぬ。善助とやらの霊が帰っているなら、ひとこと文句を言ってやりたいところだ。

真桑瓜に顔を寄せ、匂《にお》いを嗅《か》ぐ。

こんなふうにあの女《ひと》の香りを嗅いだことのある男を妬《ねた》ましく思いながら、静かに流れる川を渡った。

「ちょっと、なんでいるんですか！」

熱気が中に籠《こも》らないように、『ぜんや』は入り口の戸をすっかり外してある。

昼時なのに近ごろにしては珍しく空いているのは、魚河岸《うおがし》の男たちがいないせいだ。

さすがに今日は商売にならぬと見えて、仕事上がりの一杯もお預けのようである。

だがその代わりに、見知った男が小上がりで胡坐《あぐら》をかいていた。只次郎は驚いて、思わず頰《ほお》を引きつらせる。

「ああん？　俺《おれ》が休みの日にどこで酒を飲んでようと、俺の勝手じゃねぇのかよ」

武家にしては伝法《でんぽう》なこのもの言い、しかもそれが似合う渋い風貌《ふうぼう》。着流しにした白茶の帷子《かたびら》は、洒落者《しゃれもの》らしく身幅を細身に仕立ててある。

「そうかもしれませんが柳井殿、八丁堀《はっちょうぼり》からわざわざお越しにならなくても」

途中に手ごろな飯屋などいくらでもある。只次郎の憩《いこ》いの場まで、荒しにこないでほしいものだ。

柳井殿は娘の義弟である只次郎に文句をつけられ、うるさそうに顔をしかめた。

「いいじゃねぇか。美人の酌で飲みたかったんだよ」

妻と妾《めかけ》までいる身で、いけしゃあしゃあと。隙《すき》あらばお妙を口説《くど》きかねず、まったくもって油断がならない。

「おいでなさいませ、林様」

料理を運んできたお妙がとびきりの笑顔を見せる。只次郎のちっぽけな妬心《としん》など、綺麗《きれい》に洗い流されてしまうようだ。その微笑みのまま、先を続けた。

「ちなみに林様とはたまたま重ならなかっただけで、柳井様のお越しはこれで三度目です」

「なにやってるんですか、もう」

それならそうと、お妙も知らせてくれればいいものを。

嘆《なげ》く只次郎に、お妙はふふっと肩をすくめる。

「いきなりかち合ったほうが面白いから、黙っておくようにと柳井様が」

「ちっとも面白くないですよ！」

いい歳《とし》をして、なんという無益なことを。

盃《さかずき》を口に運びつつ、柳井殿も片目を細めて頷《うなず》いた。

「まったくだ。家の精進飯に嫌気がさしてこんなところまで足を延ばしたってのに、ここでも三日精進だとよ。しけてるよなぁ」

「どさくさに紛《まぎ》れて、なんてことを言うんですか」

この男は、以前もお妙の料理にけちをつけたのだ。あのときはお妙のほうが一枚上手だったが、またしても。

しかしお妙はまったく気にする素振りもなく、にこにこと笑っている。

「すみません。そのぶん明日の精進落としには、油っこいものを出しますよ」

そう聞いて喉《のど》がごくりと鳴った。正直なところ若い只次郎の体には、魚肉の出てこない献立が続くのはなかなか辛《つら》いものがある。

「そうかい。じゃあ明日も来なきゃなんねぇな」

「柳井殿は来なくて結構です」

「なんでだよ。さっきのは俺を誘ってたろ」

「だって、明日はお勤めでしょう」

「七ツにゃ終わるじゃねぇか、そんなもんは」

なぜだかこの男には、歯向かわずにいられない。よほどそりが合わないのだろう。

床几《しょうぎ》に寄りかかって煙管《きせる》の掃除をしていたお勝が、うるさそうに振り返った。

「なんだっていいけど、いいかげん座っちゃどうだいお侍さん」

真桑瓜を差し出すと、お妙は「あら」と目を細めた。

「ありがとうございます。冷やしておいて、お食事のあとに切りますね」

そうではなく、お妙に食べてもらいたいのだが。そうも言えず只次郎は、「お願いします」と力なく頷いた。

正面に座る柳井殿が、にやにやとこちらを窺《うかが》っている。言いたいことがあるなら言えばいいのに、「なんですか」と問うても「いや、べつに」と酒を含んでごまかす。

床几に座ると言い張る只次郎を小上がりに引っ張り上げておいて、酒の肴《さかな》にでもしようというのか。その手には乗るまい。只次郎は目の前の男をあまり相手にせぬことにした。

注文した料理が運ばれてくる。柳井殿の言うとおり、魚肉を使わぬ精進料理である。木耳《きくらげ》と茄子《なす》の辛子《からし》和《あ》え、葉唐辛子の醬油煮《しょうゆに》、焼き麩《ふ》と茗荷《みょうが》の酢味噌《すみそ》和え、芋茎《ずいき》と厚揚げの煮物。出汁《だし》も鰹《かつお》ではなく昆布《こんぶ》から引いている。

これと同じものを、仏前にも供えたのだろうか。どれも旨《うま》いし酒にも合うが、やや胸が苦しい気がする。

「はい、お待たせしました」

最後に運ばれてきたのは、揚げたての飛龍頭《ひりょうず》である。魚がないぶん、少しでも腹に溜《た》まるものをというお妙の配慮だろう。

「熱いうちにどうぞ」と勧められ、只次郎は黄金色の衣にさくりと歯を立てた。

「んーっ！」

口の中にじゅわりと油の旨みが広がる。具は牛蒡《ごぼう》、椎茸《しいたけ》、木耳、枝豆、湯葉を炒《いた》めたもの。それを擂鉢《すりばち》で擂《す》った豆腐で包み、俵《たわら》型にまとめてこんがりと揚げてある。

豆腐の衣がぱりぱりとして、味つけは控えめながらそれが旨い。これなら精進料理でも食いでがある。

只次郎はほふほふと湯気を吐きながら、食い終わらぬうちに次を頼んだ。

「すみません、同じものをもう一つ！」

お妙は満足そうに、「かしこまりました」と頷いた。

二

飛龍頭を二つ平らげて、ようやく腹が落ち着いた。

柳井殿が「若いねぇ」と眩《まぶ》しそうに笑う。

もはやなにを言われても、からかわれているようにしか聞こえない。年長者が若者を「若い」と言うときはいつだって、少しは揶揄《やゆ》が込められているものだ。

「そういや今朝、升川屋さんに呼ばれて行って来ましたよ」

只次郎は柳井殿をそれなりにあしらって、ちろりを運んできたお妙に話を振る。

「材木屋を入れて、中庭に立派な産屋《うぶや》を建てようとしていました」

「まぁ、それはそれは」

温燗《ぬるかん》の酒を注《つ》いでくれながら、お妙は慈母《じぼ》のような笑みを浮かべた。

血の穢《けが》れを極端に嫌った昔ならいざ知らず、今は母屋《おもや》の一室を産屋にするのがありまえ。それをわざわざお志乃のために、離れを設けようというのだ。

もしかすると升川屋には、起請文《きしょうもん》騒ぎのときに揉《も》めたという姑《しゅうとめ》と嫁を、引き離してやるつもりもあるのかもしれない。

「おや、升川屋のご新造《しんぞ》さんはお目出度《めでた》かい。そりゃあいいね」

柳井殿が景気よく膝《ひざ》を叩《たた》いた。いい具合に酔いが回っている。

「ご新造にぞっこん惚《ほ》れてるくせに、人様の前で恰好《かっこう》つけようとするところが気に食わなかったんだ。これであの男もようやく熟《こな》れてくるだろうよ」

やはり升川屋の虚勢《きょせい》は、誰《だれ》が見てもお寒いものだったらしい。それが今や箍《たが》が外れたように、お志乃のために駆けずり回っている。

「お妙さんも升川屋さんに頼まれて、お志乃さんの食事を作ってるんでしょう？」

「ええ、毎食じゃありませんけど。あまりに食べられない日はおつなさんがやって来ます」

お志乃のつわりはどうやらひどいほうらしい。ろくに枕も上げられず、真っ青な顔で日がな一日唸《うな》っているそうだ。

それでも不思議と、お妙の料理なら少しは入る。そこでお付きの女中が弁当箱を手に寄越されるのだという。

「実は私への用も、お志乃さん絡みでして」

只次郎はやれやれと頰を搔《か》く。

升川屋の頼みというのは、手塩にかけた鶯《うぐいす》を、しばらく預かってほしいというものだった。

なにぶん儚《はかな》い小鳥の命。長引く暑さや急な寒さで、いつ果てるとも知れぬもの。子が生まれる前にころりと死なれては、縁起が悪いと言うのである。

たしかに子を産む女は命がけだ。母子もろとも健やかに生まれてくるという保証はどこにもない。だから不安を煽《あお》るものは遠ざけておきたいという気持ちは分かるのだが。

「あんなに可愛《かわい》がっていた鶯を手元から離すんですから、よっぽどですよ」

「子が生まれたら生まれたで、また大騒ぎしそうだねぇ」

お勝が先を見越して口を歪《ゆが》める。微笑ましくはあるが、お志乃のためにも少し落ち着いてほしいものだ。

「でも林様は、すでに人様の鶯をお預かりしてらっしゃるのでしょう。大変ではないですか？」

お妙が気遣わしげに眉《まゆ》を寄せる。こういう優しさが人の心を離さぬところだ。つけ親を頼まれた鶯の雛《ひな》たちは、遅くとも先月には鳴きつけを終えて、養い親の元に返してある。ただ佐々木様に献上《けんじょう》する手筈《てはず》の雛はまだ、慎重に手元で育てていた。

「ええ。そう思って途中で大伝馬町のご隠居のところに寄って、押しつけてきました」

「まぁ」

口元に手をやって、お妙がふふふと肩を揺らす。その手の白さに只次郎はぼんやりと見とれた。

汗で白粉《おしろい》が流れるのか、お妙の顔は素肌に近い。それでも手と同じく胡粉《ごふん》を刷《は》いたような艶《つや》があり、寄るといい香りがしそうである。

だから思わず胸の内に浮かんでいた愚痴《ぐち》が、ほろりとほぐれて出てしまった。

「明日は明日で佐々木様に呼ばれているし、気が重いですよ」

「佐々木様？」

「ああ、すみません。父の上役です」

只次郎は慌てて言葉を足した。お妙を妾にと望んでいるのは、佐々木様なのではないか。そんな疑いを抱いていることは、まだ誰にも話していない。

「その方にも鶯の養育を頼まれておりまして」

「それは、荷が重いですね」

そう、荷は重いが明日はぜひとも佐々木様から、ことの真相を探らねばならぬ。そんな腹芸がはたして自分にできるのか。

とはいえお妙のためである。この笑顔を守るためなら踏ん張れる。

「ところで俺は、そろそろ飯が食いてぇんだが」

燃え上がってきた只次郎の心に、水を差したのは柳井殿だ。精進料理に文句をつけていたくせに、煮汁も残さず食い切っている。どう見ても大満足である。

お妙もそれは心得たもので、軽くなった折敷《おしき》を引いて「はい」と頷く。

「蓮の葉飯の用意もありますが、普通のご飯とどちらがいいですか？」

「蓮の葉飯？」と、すぐさま応じたのは只次郎。まだしばらく居座るつもりだから締めの飯には早いが、それはたいそう気にかかる。

蓮の葉飯は、盂蘭盆の十五日の昼に作って精霊に供えるものである。林家でも毎年作ってはいるが、炊《た》いた米を蓮の葉で包んで蒸しただけのもので、べちゃりとして旨くない。

しかしお妙が勧める蓮の葉飯なら、それは旨いに決まっている。

「じゃ、蓮の葉飯をもらおうかな」

「あの、私も！」

柳井殿に便乗し、只次郎も手を上げた。

お妙の蓮の葉飯は、干し椎茸と人参《にんじん》、蓮根《れんこん》、枝豆、甘く煮た干瓢《かんぴょう》を具にした強飯《おこわ》だった。

飯にはしっかりと出汁の味が染《し》みており、糯米《もちごめ》だから蒸してもふやけはしない。どうやら林家の蓮の葉飯は、糯米をけちっているせいで悲惨な食い物になっているようだ。

蓮の葉飯への偏見が覆る一品《くつがえ》であった。只次郎は「旨い旨い」と連呼して平らげる。

柳井殿も蓮の葉の包みを開けたとたん、ごくりと喉を鳴らしてみるみるうちに食ってしまった。

口の中にはほのかに、蓮の葉の香りが残っている。

その香気に只次郎は、このところすっかり沙汰《さた》なしの男を思った。

「又三さん、どうしているんでしょうね」

お妙もまた、同じことを考えたようである。

又三と食ったのは鰆《さわら》の蕗《ふき》の葉蒸しだったが、蒸された葉の、爽《さわ》やかな香りがよく似ていた。

あれからすでに、五月《いつつき》である。鶯の糞《ふん》が溜まる一方なので、鳥屋の主人に別の糞買いを紹介してもらった。又三は他の鶯飼いの前にも、ぱたりと姿を見せなくなったそうである。

案外羽振りのいい別の女に惚れて、仕事も辞めてよろしくやっているのかもしれない。それならそれでいいのだが、姿を消すならなにかひとことあってもよかった。

なんとなく黙り込んでしまったお妙と只次郎に、柳井殿が不審な目を向ける。だがなにごとかと問われる前に、騒々しい来客があった。

「お妙ちゃん、お勝さん、買ってきたよ！」

裏長屋のおえんである。小袖《こそで》の脇《わき》をびっしょりと汗に濡《ぬ》らし、はあはあと息を切らしている。

「二人の分と、アタシと、おタキさんの分」

なにやら瓦版《かわらばん》のようなものを持っているが、すでに手の汗を吸って波打っていた。

「えっ、私たちの分まで買ってくださったんですか」

「もちろんだよ。お妙ちゃんの大事な髪を、バッサリ切られちまったらどうすんのさ」

よかれと思って買って来てくれたのだ。お妙は困ったような笑顔を浮かべ、「ありがとうございます」と刷り物を受け取る。

「あ、もしかして髪切り絵ですか」

心当たりのある只次郎は、その紙を見ようと首を伸ばす。往来で修験者風の男たちが売り歩いていた護符だろう。

「ええ。これを持っていると髪切り除けになるそうで」

お妙が見せてくれたのは、烏《からす》のような顔をした、両手が鋏《はさみ》の妖怪である。

「へぇ、これが髪切りですか」

「そうだよ。恐ろしいだろ」

おえんが己の肩を抱き、ぶるぶると震える。

正直なところ、あまり怖くはない。ぎょろりとした目に愛嬌《あいきょう》すら感じられて、にんまりと笑ってしまった。

疱瘡《ほうそう》が流行《はや》れば赤絵の護符が、麻疹《はしか》の場合は麻疹絵が出回るのが世の常である。そこで妖怪髪切りには髪切り絵というわけだ。本当にこんな姿をしているのかどうかは、誰も知らない。

「危なかったんだよ。もうこれで最後だったんだから」

「はぁ、売れてるんですねぇ」

意外なことに、こういうものを真っ先に馬鹿にしそうなお勝が、神妙な顔で護符をもらっている。

あまりの驚きに只次郎は、「あれっ」と声を上げてしまった。お勝が妖怪のような目で睨《にら》んでくる。

「なんだい。アタシみたいな婆あは妖怪も狙《ねら》わないと言いたいのかい？」

「言ってないし、思ってません！」

只次郎は両手を顔の高さに上げて首を振る。ひどい言いがかりもあるものだ。

「それが案外、年恰好は関係ないみたいなんだよ。なんとおタキさんが、草市の帰りにばっさりやられちまってさぁ」

まるで妖怪がすぐそこで聞いていると言わんばかりに、おえんが口元に手をかざし、声をひそめる。

「おタキさん？」

「うちの亭主に色目を使う婆さんさ」

「ああ、おえんさんのお隣の」

その愚痴は只次郎も聞かされたことがある。お妙によれば、おタキさんはすでに七十を過ぎているそうだ。

そんな婆さんに悋気《りんき》を起こすおえんもおえんだが、髪切りとやらも暗がりに潜む妖怪のくせに、さほど夜目が利かぬらしい。

「幽霊坂《ゆうれいざか》の前を歩ってたら、いきなり後ろから髪を摑《つか》まれたっていうじゃないか。慌てて逃げようとしたら、ふっと頭が軽くなって、前のめりに転んじまった。それから這《ほ》う這《ほ》うの体《てい》で帰って来て、今もまだ寒気がすると言って臥《ふ》せっちまってんだよ」

これまで悪《あ》しざまに罵《ののし》ってきた相手というのに、おえんはいかにも気の毒そうに眉根を寄せる。人より悋気が強いぶん、情け深いところもある。

「私も料理を届けたり様子を見に行ったりしているんですが、すっかり怯えてしまって、食事も喉を通らないらしくて。それでおえんさんが気休めになればと、髪切り絵を買いに行ってくださったんです」

こういうときは助け合い。お妙も心配そうに顔を曇らせる。

江戸に幽霊坂と呼ばれる坂は数あれど、ここから最も近いのは昌平橋《しょうへいばし》を渡ってすぐの、武家屋敷へと続く細い坂道だろう。その先に町人地がないため昼間でも人通りがなく、うら寂しい通りである。

そんな近場で妖怪が出たとなれば、おえんが不安がるのも無理はない。そう考えて、只次郎は「あ、そっか」と手を打ち合わせた。

「そういやお勝さんも、日が暮れてから川向こうに帰るんですもんね。そりゃあ、護符でもなきゃ怖いですよね」

自分も妖怪みたいな風貌をしているくせに、髪切りが怖いなんて、可愛いところもあるものだ。

にやにやしていると、近寄ってきたお勝に煙管でめいっぱい額を突かれた。

「痛っ！　なにするんですか」

「蚊だよ」

いけしゃあしゃあと嘘《うそ》を言って、お勝はふんと鼻を鳴らす。只次郎ごとき若輩《じゃくはい》に笑われたのが、我慢ならなかったらしい。

「じゃ、アタシおタキさんにお札を届けてくるね」

「ええ。裏口を使ってください」

「あんがと」

恨めしげに額を押さえる只次郎を尻目《しりめ》に、おえんが下駄《げた》を鳴らして店の中を突っ切ってゆく。

お妙が思い出したようにその背に問うた。

「あっ、この絵おいくらですか？」

「一枚十六文！」

蕎麦《そば》が食える値段である。


「髪切りねぇ」

酔眼《すいがん》で人の話をぼんやりと聞いていた柳井殿が、煙草盆《たばこぼん》を引き寄せて、懐から取り出した煙管に刻みを詰める。ぷかりと煙を吐き出して、ふうっと吹き飛ばした。

髪切り絵を畳んで帯の間に挟み、お妙がやんわりとした風情で尋ねる。

「柳井様、御番所ではこの騒動をどう見ているんですか？」

「なんだよ、妖怪にお縄をかけろとでも言うのかい？」

柳井殿は面白そうに片眉を持ち上げた。

只次郎の知らぬうちにこの二人、前より仲良くなっているようである。

「災難に遭われた方は、何人くらいいるのでしょう？」

「さてね。よく知らねぇが、自身番に届けられた数は十五を下らねぇんじゃねぇか？」

およその数を摑んでいるということは、調べさせてはいるのだろう。

お妙と柳井殿だけで話が弾むとはけしからん。只次郎も腕を組み、ううむと唸った。

「十二日の夜だけでも十人ほどと聞きましたよ。じゃあ妖怪は、何人かいるってことでしょうか。あれ、この場合は何人でいいのかな？　何体？　何匹？」

分からなくなって首を傾《かし》げる。柳井殿はそのへんには頓着なく、

「そうだなぁ、一匹じゃなかったかもしれねぇなぁ」と片笑《かたえ》んだ。

「おお、嫌だ」とお勝が腕をさする。

只次郎はそれを見なかったことにした。「やっぱり怖いんでしょう」などと笑ったら、次は額から血が噴くかもしれぬ。

「気になってちょっくら古い文献にあたってみたんだが。元禄《げんろく》のはじめ頃にも、江戸に髪切りが出たことがあったらしいんだ」

「まぁ。古くからいる妖怪なんですね」

お妙が目を瞬《しばたた》いた。こちらは「きゃ、怖い」と怯えたほうが似合いそうなものを、興がって話を進めている。

「その手口は、今世間を賑わせている髪切りと同じなんですか？」

「そうだな。やっぱり暗がりに潜んでて、後ろから髪を切っちまう。違うのは切られた髪が、そのまま道端に落っこちてたかどうかってことくらいか」

「この度は、切られた髪が落ちていたという話は聞きませんね」

「ああ、どこにもな」

お妙に指摘されてなにかしら思うところがあったのか、柳井殿は難しい顔で顎《あご》を撫《な》でる。すでに煙草が燃え尽きていることに、気づいていないようである。

元禄といえば、すでに百年も前のこと。人の心のありようも、ずいぶん様変わりしているはずだ。それならば、

「妖怪の悪戯《いたずら》にも、その時々の流行というものがあるのかもしれませんねぇ」

只次郎も真面目《まじめ》腐って意見する。柳井殿は「うんうん」と小刻みに頷いた。

「なるほど、流行りねぇ」

まさか本気で妖怪をお縄にかける気なのだろうか。柳井殿の目からは酔いが消え去っている。

空いた皿に手を伸ばしながら、お妙がちょっと信じられぬようなことを口走った。

「でも、考えようによってはいい妖怪ですよね」

「どこがだい。おタキさんをごらんよ」

すぐさま噛《か》みついたのはお勝である。さほどものに動じぬ人が、珍しく余裕を失っている。

「ええ、そりゃあ気の毒なかたのほうが多いでしょうけど」

「けど？」と、尋ねたのは柳井殿。先を言えと促した。

「中には得をしたかたもいらっしゃるかと思って」

得？　と、只次郎は首を傾げる。

両国広小路の見世物小屋には、ろくろっ首がいるという。そんなふうにとっ捕まえて見世物にすれば、大儲《おおもう》けできるかもしれないが。

「よし！」

柳井殿が掛け声と共に、煙管をひっくり返してぽんと打つ。銭を空いた折敷に置いて、打ち物を手に立ち上がった。

「旨かったよ。ありがとさん」

「はい。またのお越しを」

不意打ちで店にいたかと思えば、去り際は唐突《とうとつ》だ。細身の帷子の裾《すそ》を割りながら、颯爽《さっそう》と歩いてゆく。

挨拶《あいさつ》もできずに只次郎は、その後ろ姿をぽかんと見送った。

「はぁ、ありゃぁいい男だねぇ」

お勝がいつもの仏頂面ながら、珍しく人を褒《ほ》める。

いつの世も、ああいう自由気ままな男がなぜか、女にはもてるのだ。

三

翌十六日は、地獄の釜《かま》の蓋《ふた》も開くという日。江戸の町は朝から賑やかだった。藪入《やぶい》りとあって、奉公人が親元に帰ってくる。里の遠い者は連れ立って芝居見物に出たり旨いものを食ったりと、浮かれた気配が漂っていた。

だが只次郎はそれどころではない。気を張り詰めていたせいかあまり眠れず、やや青ざめた面もちで、生っ白い蛇のような顔をした男の前に手をついていた。

以前も通されたことのある、佐々木家の表座敷である。

開け放たれた障子戸《しょうじど》から覗ける空は憎たらしいほど青く、庭に咲く百日紅《さるすべり》の花が燃えるように鮮やかだ。ツクツク法師の唱える念仏に、じわりと汗がにじみ出す。

「ふむ、滞りなしと聞いておったが」

佐々木様は只次郎が持参した二つの籠桶《こおけ》を並べ、中の雛をまるで取って食うかのごとく、矯《た》めつ眇《すが》めつ見分している。赤い舌を出してぺろりと唇を舐《な》め、言い捨てた。

「みすぼらしいな」

これでも只次郎が丹精《たんせい》込めて育てた雛だ。腹立ちを堪《こら》えるために、下腹にぐっと力を入れる。

「とやが明けたばかりにございますれば。まだ産毛が目立ちますが、間もなく綺麗に生え揃《そろ》いましょう」

鶯のような鳥は、だいたい夏から秋にかけて羽が生え変わる。その年生まれた雛はこのとやを経て、大人の仲間入りをするのである。

「『とや』とな?」

不思議そうに問い返す声に、只次郎は思わず目を見張った。畳に手をついたままの姿勢で、助かった。

「佐々木様の飼っておられる鶯も、ちょうど羽が生え変わったころでござりましょう?」

「知らぬ」

顔を上げて「なぜだ!」と問い詰めたい衝動を抑える。どうせ世話係に任せっきりで、手ずから餌《えさ》をやったこともないのだろう。どうも嫌な予感がする。

「あの鶯は、息災ですか?」

「どうも死んだようじゃな。鳴かぬようになったので皆忘れておった」

死んだ姿が目に浮かぶようだ。

可哀想《かわいそう》に。只次郎はじっと目を瞑《つむ》る。

存在を忘れられて餌も水も与えられず、干からびて死んだ姿が目に浮かぶようだ。

小鳥は玩具《おもちゃ》ではないということが、この男には分からぬらしい。

亡き鶯の無念を感じ取ったのだろうか。それまで「チチチ」と笹鳴《ささな》きを繰り返していた雛たちが、立て続けに「ホホホホ、ケキョ」と鳴いた。

佐々木様が手で弄《もてあそ》んでいた扇子を開き、不満げに顔を煽《あお》ぐ。

「なんじゃ、この文句は。それにずいぶん声が細いの」

とやを知らなかったほどである。鶯の雛がどういう経緯で本鳴きに至るのかも、当然ご存じでない。

「秋鳴きにございます。ようようここまで鳴けるようになりました」

「鳴きはじめがずいぶん、もどかしいではないか」

「まだ喉が出来上がっておりませんので。ですが文句はすでに覚えております。いったん鳴きを止めて、本鳴きに入るころには万全かと」

「いつごろ入る？」

「飼い鶯の雛なれば、十一月には」

「ふむ」と唸って佐々木様は、目を薄い三日月形に細める。

なにやら思案しているようだが、算段がついたのか「分かった」と頷いた。

「では、そのころにまた持ってまいれ」

「は」

もとよりそのつもりである。このまま佐々木様に引き渡せば、鶯たちは本鳴きまで生きないかもしれない。

佐々木様から誰の手に渡るのか、その先でどのような扱いを受けるのかまでは分からぬが、せめてそれまでは手元で面倒を見てやりたい。

「御免」と前に進み出《い》で、二つの籠桶を風呂敷《ふろしき》で包む。

本音を言えば、残暑厳しい折にとや明けの雛をあまり持ち歩きたくはない。だが「様子を見せよ」との仰せでは、断ることもできなかった。

風呂敷包みと共に元の場所まで下がり、只次郎は平伏《へいふく》する。ひどく喉が渇いていたが、つとめて張りのある声を出した。

「ときに、伺いたき儀がございます」

「うん？」

てっきり暇《いとま》を述べるものと思っていたのだろう。佐々木様が腑抜《ふぬ》けたような返事をする。

それを「応」と捉《とら》えて、只次郎は先を続けた。

「佐々木様は、又三という者をご存じでありましょうか」

そう言い切ってから、しばし待つ。

思わせぶりな間があった。できることなら顔色を窺いたいが、さすがに面は上げられない。

佐々木様の返答は短かった。

「知らぬ」

拒絶の意図を感じたが、只次郎はいま一歩食い下がる。

「そうですか。このお屋敷にも出入りしていたはずなのですが」

「そのような者に、儂《わし》が自ら会うわけもなかろう」

ここまでかと、目を瞑った。佐々木様の声には明らかに苛立《いらだ》ちが混じっている。父の立場を思えば、しつこく追及して勘気を被るわけにはいかない。

「それは失礼いたしました。近ごろ行方《ゆくえ》が分かりませぬので、案じておりましたがゆえ」

あらためて、畳に額をこすりつける。

佐々木様は「ふん」と鼻を鳴らし、

「よいな、十一月じゃぞ」と、鶯の件で釘《くぎ》を刺した。

九段坂《くだんざか》近くの佐々木様のお屋敷から、仲御徒町《なかおかちまち》の家までは早足で歩けば半刻《はんとき》（一時間）あまり。雛の負担にならぬよう、陰のあるところを選んで帰路をゆく。

後ろをひょこひょことついて来るのは、林家の下男、亀吉である。夏痩《なつや》せもせず相変わらずまん丸い顔をして、猫背ぎみに歩いている。その様子を見ていたら、自然と肩の力が抜けてきた。

佐々木様は白か黒か。けっきょくのところ、はっきりしたことは分からなかった。又三にお妙の身辺を探らせていたという、動かぬ証拠はどこにもない。

だが少なくとも佐々木様は、又三のことを知っていたのではないかと思う。唐突に見知らぬ者の名を挙げられたなら、「何者か」と問うのが普通ではないだろうか。「そのような者」と、見下すことすらできぬはず。只次郎は又三の素性を口にはしなかったのだ。

黒でもないが、白でもない。只次郎の勘は、佐々木様が怪しいと告げている。

水道橋《すいどうばし》の手前まで来て、足を止めた。帰ってからではゆっくり話を聞くこともできないだろう。只次郎は背後の下男に向き直る。

「それで、そっちはなにか分かったかい？」

亀吉には、それとなく屋敷内の噂を集めておくようにと命じておいた。

主人に従って来た従者は通常、長屋門に設けられた門番所でのんびりと帰りを待つ。その間に門番と、四方山話《よもやまばなし》に花を咲かせることもあるだろう。

亀吉は「へぇ」と軽く腰を丸めた。

「ご存じでした？　江戸市中で今朝、大捕り物があったそうで――」

「いや、知らないけども」

只次郎は驚き呆《あき》れ、腹の底から息を吐く。

神田川の川面《かわも》には、荷を積んだ小舟が忙《せわ》しげに行き交っていた。やや下流に神田上水の掛樋《かけひ》が見え、駿河台《するがだい》の急坂を下ってきた二人の人足が、どこそこの茶屋の娘が美人だの、そういえば大川に心中死《しんじゅうじに》が出たのと言って通り過ぎてゆく。

たしかに噂を集めろとは言ったが、その手の噂話を拾ってきてどうする。

「他には？　お屋敷の中でなにか変わったことがあったとか」

亀吉の機転の利かなさは、昨日今日のことではない。これは人選を誤ったかもしれぬと、早くも後悔しはじめていた。

主人の落胆にも気づかずに、亀吉は緩んだ口元で「へぇ」と答える。

「そういや、門番が変わっておりました」

「門番？　前と同じだったと思うけど」

人の顔を覚えるのは得意である。如月《きさらぎ》に訪問したときも今日も、訪《おとな》いに応じて門を開けてくれたのは、たしかに同じ男だった。

「詰所の中にもう一人おりましたんで。これがなかなか愉快な男だったのですが」

なにが可笑《おか》しいのか、亀吉は「へへへ」と笑いだす。

弥生にはどこだって奉公人の年季交替があるのだ。門番が入れ替わっていたところで、なにも不思議はない。

「分かった、もういいよ」

亀吉を逆さにして振ったとしても、有益な報告はなさそうだ。見切りをつけて、先へ進もうと身を翻す。

だが亀吉はすっかり興が乗ったようで、只次郎に構わず喋《しゃべ》っている。

「その男、なんと腕が肘《ひじ》まで真っ青で。それはどうしたのですかと尋ねたら、間違って染めてしまったと言うので、もう可笑しくて可笑しくって」

亀吉の笑いのツボはどうも分からない。

なにを言っているんだと呆れつつも、只次郎は踏み出しかけた足を止めた。

腕が肘まで真っ青に染まっている男には、心当たりがあった。

四

「うっ、まぁい！」

口からほくりと湯気が上がる。

さくりとした衣と、淡泊な白身のふわりとした食感がたまらない。

じゅわっとにじみ出る胡麻油《ごまあぶら》の風味。衣が軽く、大きめに頬張ったひと口が瞬く間に消えてしまった。

穴子《あなご》の天麩羅《てんぷら》である。

「よかった。精進落としに鰻《うなぎ》も考えたのですが、さすがにそれは鰻屋さんで召し上がったほうがいいかと思いまして」

お妙がにこにこと、天つゆと大根下ろしを差し出してくる。

「よろしければ、こちらもどうぞ」

鰹出汁に、味醂《みりん》と醤油を利かせたつゆだ。浸《ひた》すと熱々の天麩羅がしゅわっと音を立てた。

口に含めばつゆをたっぷり吸った衣と、ふわふわの穴子が混じり合う。ぴりりと辛い夏大根が、最後に味を引き締める。

「うぅん、これまたいっそう」

只次郎は目を瞑り、ゆっくりと味わった。四日ぶりに食った魚肉の脂《あぶら》が、体中に染みてゆくようだ。

旨い。穴子を丸ごと一匹揚げた天麩羅は、精進落としには嬉《うれ》しいご馳走《ちそう》だ。昼飯を食いそびれた身には、なおのこと。

佐々木様のお屋敷から帰るとまずは母が、それから勤め帰りの父が、そして道場帰りの兄が、それぞれ間を置いて只次郎を呼び出した。三者の思惑は違えども、気がかりはまたもや佐々木様から縁談が持ち出されたのではないかという一点である。

なにもなかったことを知ると、母は安堵《あんど》、父は落胆、兄は虚仮《こけ》にするような笑みを浮かべた。

そんなこんなで、すでに夕七つ（午後四時）を過ぎている。

昼飯は『ぜんや』で食うつもりで兄嫁にはいらぬと伝えてあったので、とにかく腹が減っていた。

「ところで、お勝さんが食べているのはなんです？」

「なんだい、卑しいね。人が食ってるものまで気になんのかい」

昼の忙しい時を過ぎ、お勝は堂々と床几に掛けてものを食っている。なにやら飯茶《めしぢゃ》碗《わん》に蒲焼《かばやき》のようなものを載せているのだ。

行儀が悪いのは百も承知だが、人の食い物は旨そうに見える。

「ああ、それはしくじりです」

はにかみながらそう答えたのはお妙である。

「穴子は上方では焼くものなので、お志乃さんのために作ってみたんですが」

「あんまり旨くはないね」

「ええ、駄目でした」

穴子は江戸では煮るものだ。なんでも上方の穴子は小振りでこれほどふっくらとはしていないため、皮ぎしの旨いところをパリッと焼いて食わせるらしい。

「江戸前の穴子はやっぱり煮るか、天麩羅ですね」

不思議なものだ。同じ穴子という名でも、獲《と》れる場所によってその質や調理のしかたまで違う。

ましてや人はそれぞれ名前まで違うのだ。他人の企みなど、見ていて分かるものではない。

「林様？」

訝《いぶか》しげに呼びかけられて、只次郎はハッと我に返った。

「どうしたんだい。歯でも痛むような顔してるよ」

「まぁ、大丈夫ですか」

お妙の気遣わしそうな顔が近くにある。いけない、物思いに沈むところだった。

「いえいえ、違います」

顔の前で手を振って、強引に話の鉾先《ほこさき》を変える。

「それより今日、熊吉は帰って来なかったんですか？」

俵屋の小僧のことである。「もうここの子だ」と自分で言っていたから、藪入りで帰っていると思っていた。久しぶりにあの生意気な口が聞けるかと、楽しみにしていたのだが。

「あの子はまだ一年目ですから。それに、逃亡騒ぎがあったでしょう」

「ああ、そういえば。他の者への示しもありますからねぇ」

軽く目を伏せたお妙の顔が、心なしか寂しそうだ。そのくせ真っ白な水芙蓉《すいふよう》のように凛《りん》として、引き込まれるような美しさがある。

その風情を残したまま、お妙が軽く口をすぼめた。

「でもお昼ごろに俵屋さんがいらして、穴子の天麩羅をお土産に買って行かれましたけどね」

「なんだ、やっぱり熊吉には甘いなぁ」

只次郎は肩を揺らして陽気に笑う。ほのかに漂う寂しさの気配を、吹き飛ばしてやりたかった。

「本当に。あの子にはそういう徳がありますよね」

つられてお妙もくすくす笑う。熊吉に甘い者同士、俵屋の気持ちが分かるのだろう。

「さっきまで、ご隠居さんもいたんだけどね」

お勝が焼き穴子を食い終えて、茶碗と箸《はし》を洗い物の盥《たらい》に突っ込んだ。

「それは残念、行き違いでしたか」

「なんでも大川に心中死の男と女が浮いたってんで、見物に行っちまったんだよ」

「ああ、それはそれは」

その噂なら只次郎も、どこかしらで耳にした。

若い男女が安易に命を落とそうとするのは、浄瑠璃《じょうるり》や芝居《しばい》で心中が美しく描かれるせいもあるのだろう。

お上はその風潮を憂え、心中という趣《おもむき》ありげな名ではなく、公に「相対死《あいたいじに》」と呼んで禁じている。

「さては、女のほうが美人だったんですね」

「そのようだね。お互いに胸をひと突きしてから水に入ってるから、仏さんは綺麗なもんだとさ。間近で見ようと、船まで出して大騒ぎだっていうじゃないか」

相対死の死骸《しがい》は取り捨て、弔うことも許されぬ。それゆえ誰にも手出しはできず、痛ましい姿が人目に晒《さら》され続けるのだ。

「可哀想に。親御さんがいたら、きっとたまらないでしょうね」

お妙が胸の前に手を重ね、気の毒そうに眉を寄せた。

人の生き死にを晒しものにするのは、只次郎とて悪趣味ではないかと思う。

子供のころ父に連れられ、小塚原《こづかっぱら》の刑場に出かけたことがあった。その日は女が磔《はりつけ》にされるというので、やけに見物が多かったのを覚えている。

只次郎は女が刺し貫かれるのを見て吐いた。父には「それでも武士の子か」と頬を打たれたが、べつに目の前で人が死ぬのが恐ろしかったわけではない。あの女もきっと、それだけのことをしでかしたのだろう。

ただ周りで見物している男たちの目が、獲物《えもの》を狙う鷹《たか》のようにぎらついているのが気味悪かった。

心中の男女にしても、取り捨て覚悟で行ったこと。打ち捨てられた死骸に同情はしないが、周りの者はせめて騒がず、心の中で手を合わせるくらいでいいのではないか。なのに人は、こんなことまで娯楽にしたがる。

そういうことを考えていると、もう少し飲みたくなった。

「すみません、お妙さん。あと一合お願いします」

「かしこまりました」

お妙が空になったちろりを持って、置き徳利の並ぶ棚の前に立つ。

その後ろ姿を追うように眺めながら、只次郎は頭の片隅で、亀吉にも褒美《ほうび》の酒を買って帰ってやらねばと考えていた。

「アンタ、やっぱりなにかあったのかい？」

気づけばお勝が、こちらに鋭い目を向けている。

さすがに目ざとい。只次郎は顔を擦《こす》りながら締まりなく笑った。

「やだなぁ。だからなにもないですって」

「お通じがもう五日も出てないって顔してるよ」

「汚いですね」

お勝の追及をかわすには、限度があったかもしれない。

だが只次郎がぼろを出す前に、戸口に新しい客が立った。

「よう、邪魔するよ」

「なんでまた来るんですか」

またもや床几から小上がりに引っ張り上げられた只次郎は、目の前の男に遠慮なく悪態をつく。この程度の物言いは、気にも留めぬと分かっている。

「だって昨日、また来るって言ったろ」

柳井殿は向こう脛《ずね》を覗かせて胡坐をかき、手酌で酒を飲んでいる。勤めを終えて、一度役宅に帰ってから来たのだろう。与力は出仕の際は継裃《つぎがみしも》だ。それを縞《しま》物の帷子に着替えてあった。

「うん、うめぇ。やっぱり精進落としには、このくれぇがつんとしたもんが食いてぇよな」

穴子の天麩羅に齧《かじ》りつき、満足げに舌鼓《したつづみ》を打つ。

「変なところで律儀なんだよなぁ」と、只次郎は小声で不平を洩《も》らした。

居酒屋で柳井殿に会っていることは、お葉にはまだ伝えていない。だいたい柳井殿は只次郎の顔を見ても、娘の近況を尋ねもしないではないか。

雛人形の件ではこの男を少しは見直したが、やはりなにを考えているのか分からないところがあった。

「天つゆもいいが、これだけ衣が軽けりゃ、塩でさっと食うのが旨いな。屋台の天麩羅は衣が分厚くって、この歳《とし》になると次の日まで腹に残りやがる」

不満があればすぐ口にするが、いいと思えば手放しで褒める。そういうところは憎めないのだが。

「そうなんです。実は私も塩で食べるのが好きで」

お妙が口元に手を当てて、ふふっと笑う。

只次郎は天つゆ派だ。塩だけではどうも物足りない気がしてしまう。だがそう言うとまた「若いねぇ」とからかわれそうで、黙って温《ぬる》めの酒を含んだ。

柳井殿はあっという間に天麩羅を食い終えて、満ち足りた腹を撫でている。楊枝《ようじ》を使いながら、もののついでのように言った。

「ああ、そういや妖怪髪切りが捕まったぞ」

「ええっ！」

只次郎は飛び上がる。まさか本当に妖怪をお縄にかけたのか。

食後の一服を嗜《たしな》んでいたお勝も、ぎょっとしてこちらを振り返った。

「まぁ、お早いですね」

だがお妙は興味深そうに目を大きくしたものの、さほど驚いた様子ではない。

「ああ、お前さんの見立てどおりだったよ」

「見立て？」

柳井殿の言葉に、只次郎は首を傾げた。

「髪切りのおかげで得をしてる奴がいるかもしれねぇって言ったろ。それを定廻《じょうまわ》りに伝えて、江戸市中のかもじ屋を見張らせたのさ」

すると今朝早く、浪人風の男が小網町《こあみちょう》の小店に長い切り髪を売りにきたという。まだ店も開いていない刻限で、人目を気にしながら裏口に回ろうとしたのを取り押さえ、じっくりと話を聞き出した。

はじめはしらばっくれていた男も、住まいから修験者の装束と大量に刷られた髪切り絵が見つかったことによって、己の悪行を認めたという。

それに次いで往来に立っていた髪切り絵の護符売りたちが一網打尽に捕らえられ、逃げようとしていたかもじ屋の主人も捕まった。

この度の髪切り騒ぎは、彼らがぐるになって引き起こしたものだったのだ。

「吟味はまだこれからだが、ひとまず礼を言っとこうと思ってよ」

それでわざわざ柳井殿は、精進落としのご馳走にかこつけ、『ぜんや』に顔を出したのだろう。

「そんな。私はなにも」

お妙が恥ずかしげに首を振る。

まさかはじめからこの騒動を、人の仕業ではないかと睨んでいたのだろうか。只次郎にはただ、妖怪の噂話をしているようにしか思えなかった。

「なんだい、人騒がせな。妖怪じゃなかったのかい」

床几の隅に掛けて遠巻きにこちらを窺っていたお勝が、煙管の灰を落として近寄ってくる。人の所業と聞いて安心したようである。

「でもねえさん、人のほうが恐ろしいですよ」

「なぁに、向こうが人なら負ける気がしないね」

か弱い女の身でなにをと思うが、お勝ならたしかにひと睨みで相手を黙らせるだけの迫力がある。いや、きっと妖怪だって逃げ出すだろう。

「では、元禄ごろの髪切りは？　あれは本物の妖怪だったんでしょうか」

素朴な疑問が頭に浮かんだ。あちらの下手人は、切った髪をそのままにして去っている。誰の得にもならぬ行いではないか。

「いや、あっちはただの悪ふざけだろう。人が騒ぐのが面白かったか、女に悪戯をするのが好きな変人か」

「やっぱり人なんですか」

「今となっちゃ分かんねぇがな。でも妖怪なんてものは、暗闇《くらやみ》をじっと見つめんのが怖い奴らが都合よくでっち上げただけだと俺は思うぜ。本当はもっと汚ぇものが、そこにあるかもしれねぇのによ」

吟味方与力として人の汚い所業にも触れてきた、柳井殿らしい言い分である。お妙も納得したように、頷きながら聞いている。

「お妙さんも、そう思いますか？」

尋ねると、思案顔で「そうですねぇ」と目を泳がせた。

「でも、妖怪がいたほうが楽しいですよね」

その返答に、お妙らしい優しさがあふれている。たとえ人の心の弱さから生み出されたものだとしても、否定してしまうと妖怪にはもう行き場がない。そんな恐ろしくも儚《はかな》い存在を、真っ向から打ち消すのは可哀想な気がした。

只次郎は「本当ですね」と頬を緩める。

「馬鹿言ってんじゃない。そんなもん、ちっとも楽しかないよ！」

お勝が前掛けを握りしめ、やや青ざめた顔で吠《ほ》えた。

五

焙烙《ほうろく》の中で小さな炎が燃えている。

日暮れまではまだ間があるが、柳井殿が帰り、他に人がいないうちにと、送り火を焚いている。只次郎も客ではあるが、このくらいの遠慮のなさは身内と思われているようで嬉しいものだ。

お妙は焙烙の前にしゃがみ込み、ちろちろと燃える炎を。只次郎は中腰になって、その横顔を。お勝は一歩引いて立ったまま、立ち昇る煙を、それぞれに眺めていた。

御霊は清めの炎に送られて黄泉路《よみじ》をゆく。この世に戻るときは足の速い胡瓜《きゆうり》の馬、あの世に帰るときはゆっくりと茄子の牛。誰が考えたか知らないが、そんな配慮もとても優しいものに思える。

神田川の向こう岸では堤の柳がさらさらと揺れ、ずらりと並ぶ床店《とこみせ》が慌ただしく店じまいをしているようである。

炎の色を頬に映し、お妙がうつむいたまま尋ねた。

「お武家様も、迎え火、送り火は焚きますよね？」

陰のある横顔である。只次郎は「ええ」と頷いた。

「大事な客人を送るのと同じですよ。紋付を着て、門まで開けます」

「まぁ。ではもう帰らないといけないのでは？」

「ええ、そうですね。そろそろお暇しますよ」

武家などというものは、先祖の働きがあってこそ今がある。自然その供養には力が入るものだ。

さすがの只次郎も無下にはできない。この火が消えたら帰るつもりだ。それまではもう少し、この横顔を見守っていたかった。

おそらく自分は、不安でたまらないのだろう。先ほどから、胸騒ぎが止まらずにいる。

亀吉から聞き出した、佐々木様の屋敷にいたという門番。あれは逃げている駄染《だぞ》め屋ではないのだろうか。あの男が使っていた部屋で、お妙が小柄《こづか》を見つけたと言っていた。

士分であるなら、なぜ駄染め屋を装っていたのか。そして、佐々木様との関係は？

どうして門番所などにいたのだろう。

お妙に伝えて注意を促すべきかもしれないが、思い過ごしだとしたら、いたずらに怖がらせることになる。しっかり見定めてからと思う一方で、なにか事が起こってからでは遅いという焦りもある。

ともあれひと晩置いて、頭を冷やそう。今はまだ、混乱している。

「――おや？」

お勝がだしぬけに声を上げた。なにかと思って顔を上げれば、その目は焙烙から立ち昇る煙の行方を追っている。

奇妙なことに、対岸の柳が風になびいている方向と、煙の行く先が逆だった。

「あっ！」と、お妙が叫んで立ち上がる。

西日に塗り潰《つぶ》された景色の中、筋違橋のたもとにぽつりと、立っている人の影があった。男だろうか。遠目ではあるが、体つきからそのような感を抱く。

だがそれもほんのつかの間。瞬きをするうちに煙はさぁっと元のとおりに流れ、不思議な影は消えていた。

「ねえさん、今――」

お妙が必死の形相でお勝に向き直る。だがお勝は「いてててて、煙が入っちまったよ」と目をこするばかり。肝心なものは見なかったようだ。

「人が、立っていたようですね」

代わりに只次郎が答えてやる。お妙が泣きだしそうな顔で、「ですよね！」と袖に縋《すが》りついてきた。

只次郎が見たのは、誰とも見分けのつかぬ影である。それがお妙の目にはどのように映ったのだろう。

震える細い肩を抱いてやりたかった。だがお妙の求めている腕は、これではない。

「すみません」

お妙もすぐに正気に返り、控えめに目尻《めじり》を払う。焙烙の中の苧殻はもう、すっかり燃え尽きてしまっていた。

遠くで灯心売りの声がする。裏木戸から走り出てきた子供たちが、蜻蛉《とんぼ》を追ってまた木戸の中へと戻ってゆく。

祭りのあとのような匂いがした。只次郎たちはぼんやりと、煙の余韻の残る店先に立ちつくしていた。

解説――ルリオの言い分？

新井見枝香

ホー、ホケキョ。どうも、百俵十人扶持《ぶち》の林家の家計を支えている、鶯《うぐいす》のルリオです。私の飼い主の林只次郎は、名前のとおり次男坊で、よほどのことがないかぎり跡目を継ぐことはありません。そのため、前作「ほかほか蕗ご飯」で、いきなり九ページ目にして「紙より軽い命」と紹介されてしまったこの男。私の体重が約二十グラムほどなので、紙の厚さやサイズにもよりますが、そんなに大きいとは思えず、私より価値が低いことは確かです。

なにしろ、私がひり出した糞《ふん》も売り物になるのですから、私の餌である虫にも、美白効果のある糞そのものにも、頭が上がらないのです。ホー、ホケキョ。プリッ。

こんな男を主人公にして、小説が成り立つのでしょうか。

しかし前作の裏表紙には、堂々と「新シリーズ開幕」と書いてあります。そこからは、一巻目が好評だったら続きも出そうかなぁ、という弱腰ではなく、絶対続きが読みたくなるからまず読んでみてよね！　という自信が感じられます。

ちなみに、只次郎が「鶯が美声を放つよう飼育するのが得意」と紹介されており、それに関しては、私ルリオが仕込んでいることなのでやや納得しかねる部分もあるのですましょう。

が、まあ私が幼い頃、死にかけたところを救ってくれた恩に免じて、目を瞑《つぶ》ることにし

話は「シリーズ化」に戻ります。

どんなジャンルの小説家でも、売れるシリーズものを、なんとか一つでも生み出せたらと願っているものです。それは出版社も書店も同じです。特に書き下ろしの時代小説文庫は、シリーズにファンが付けば、発売日に「〇NE PIECEか！」と思うほど、飛ぶように売れます。

著者の坂井希久子さんは、私の記憶が正しければ、マラソンとかハーレーとかの現代小説を書いておられたように思うのですが、大御所がどーんと三人くらいそびえ立ち、もの凄《すご》い勢いでそれぞれがご執筆されているこの世界に、あえて挑戦したことに驚きながらも、期待に胸をふくらませています。

……いや、思い出しました。確か、「野球のことを全然知らないけれど野球の小説を書いた要注目作家」ということで、その度胸が書店員の間で話題になったのも、坂井希久子という名前の女性でした。

野球の小説というのは名作が数多くあるように思えますが、出版界では、売りにくいジャンルと言われています。

野球に全く興味がない人に、野球の小説を手に取ってもらうことも、ルールを知らな

い人に、面白いと思ってもらうことも、非常に難しいことだからです。

小説が爆発的に売れるには、クチコミ力のある女性に支持されることが必須条件です。もちろん野球ファンの女性がいないわけではありませんが、スポーツをテーマにした小説は圧倒的に男性読者が多く、女性には敬遠される傾向にあります。

いかに女性ファンを獲得するか、それが小説をヒットさせるキーなのです。

それは時代小説も同じです。

女性の身分が今より低かった時代のお話とはいえ、現代の女性が読んで不快感を覚えるものは、それこそ時代遅れの時代小説といってもよいでしょう。

さて、この居酒屋ぜんやを舞台にした小説は、はたしてその条件を満たしているのでしょうか。

私はもう五年も生きておりますし、鶯はとても賢い鳥ですので、小説を読むことができます。

まず、この著者は鶯の価値をわかっています。私、ルリオの鳴き声を、当代きっての美声と称《たた》え、二巻では、主人公の只次郎が、私が死んでしまったらどうしよう、と不安になることから物語を始めています。すべては、私ありき、なのです。

そして、もし「居酒屋ぜんや」シリーズで、読者に人気投票を募ったら、私の次に票が集まるだろうと思われる、「お妙」。

彼女について、触れないわけにはいきません。只次郎が懸想している、居酒屋ぜんやの美人女将で、工夫を凝らした料理が評判の未亡人。

そんな、男の妄想を具現化したような彼女の存在だけで、おじさん読者はコロリでしょう。

しかし、女性の読者にも、嫌われてはいません。

器量が悪いが料理は上手、器量が良いが性格は最悪、というなら納得ができますが、こんなに何でも揃《そろ》っていたら、私たち、太刀打ちできないじゃないですか！

……いや、私はホー、ホケキョと鳴くぐらいだから雄なのですが、女心というのはきっとそういうものだと思うのです。

私の知り合いの女性書店員はこう言っていました。

お妙は、自分の良人《おっと》には会わせたくないけれども、自分が弱ったときには、いちばんに頼りたくなってしまう存在なのではないか、と。

良人を失ってしまったその悲しい経験が、元来備わっていたであろう彼女の優しさを、より深く温かいものにしたのではないでしょうか。

とても乗り越えられそうもない辛《つら》い経験をした人というのは、何かそういう、人を惹《ひ》きつけるものを身につけていくような気がします。

それは彼女の作る、決して豪勢ではないけれど、相手の心に響く、美しく丁寧な料理に現れています。

今作の中では、鯛《たい》と鮎《あゆ》と蛸《たこ》にやられました。私は虫しか食べませんし、鶯であることに満足していますが、人間になってあれらの料理を味わってみたいと、心から思ってしまいました。

ただ、鴨《かも》が捌《さば》かれるシーンだけはいただけません。

お妙や、なぜ鴨を。我らの仲間である鳥類を。野菜と魚介類だけではだめなのかっ。汁に鴨の濃厚な脂が玉のように浮く、という描写に、思わず喉《のど》がケキョと鳴ってしまった自分が許せません。

しかし、読めば、鴨でなければならない理由があり、まぁ今回だけは見過ごすことにしましょう。

第三弾も楽しみにしていますよ。ホー、ホケキョ。

と、愛鳥家の私はルリオ目線で解説を書きましたが、やはりあの鴨料理には、喉が大きく鳴ってしまいました。ケキョ。

（あらい・みえか／三省堂書店）

本書は、ハルキ文庫（時代小説文庫）の書き下ろしです。

時代小説文庫
さ 19-4

ふんわり穴子天《あなごてん》 居酒屋《いざかや》ぜんや

著者 坂井希久子《さかいきくこ》

2017年1月18日第一刷発行

発行者 角川春樹

発行所 株式会社 角川春樹事務所
〒102-0074 東京都千代田区九段南2-1-30 イタリア文化会館

電話 03(3263)5247[編集] 03(3263)5881[営業]

印刷・製本 中央精版印刷株式会社

フォーマット・デザイン&シンボルマーク 芦澤泰偉

ISBN978-4-7584-4060-8 C0193

http://www.kadokawaharuki.co.jp/[営業]
fanmail@kadokawaharuki.co.jp[編集] ご意見・ご感想をお寄せください。

坂井希久子の本

ウィメンズマラソン

岸峰子、30歳。シングルマザー。幸田生命女子陸上競技部所属。自己ベストは、2012年の名古屋で出した2時間24分12秒。ロンドン五輪女子マラソン代表選出という栄誉を手に入れた彼女は、人生のピークに立っていた。だが、あるアクシデントによって辞退を余儀なくされてしまい……。そして今、二年以上のブランクを経て、復活へのラストチャンスを摑むため、リオ五輪を目指し闘い続ける。このままじゃ、次に進めないから——。一人の女性の強く切なく美しい人生《マラソン》を描く、感動の人間ドラマ。

ハルキ文庫

坂井希久子の本

ヒーローインタビュー

仁藤全《あきら》。高校で42本塁打を放ち、阪神タイガースに八位指名で入団。強打者として期待されたものの伸び悩み、十年間で171試合に出場、通算打率2割6分7厘の8本塁打に終わる。もとより、ヒーローインタビューを受けたことはない。しかし、ある者たちにとって、彼はまぎれもなく英雄《ヒーロー》だった——。「さわや書店年間おすすめ本ランキング2013」文藝部門1位に選ばれるなど、書店員の絶大な支持を得た感動の人間ドラマ、待望の文庫化！